# 神奈備

佐々木中

河出書房新社

目次

# 神奈備

神奈備

かみさまがあなたを呼んでいるわ。聞こえたの。はっきりと。今すぐここに来て。きっと道がひらけると思う。

託宣だった。とおくかすれて、声はこのひとつ身を一瞬でつらぬいた。痺れた。四肢はきしみながらのろのろとうっそりと立ち上がって、けだるい嚇怒《かくど》とやさぐれた思慕でびっしょり濡れたそのまま、旅支度をはじめるしかない。浄めの旅の。その奥の、奥からの、づづくろい骨や血や肉のくらいかさなりが、うごめきが、急に重く、きたなくなって、けがれになった。美由が、けがれにした。なぜ、こんなに、生ぐさいのだろう。なぜ、このような、腐《くた》れていくものが、あせ染みしたうす皮いちまいにつつまれ、つまっているのだろう。人のなりをして、人づらさらして。その身を、ひととき、つくろわなければならない。手元のスマートフォンをみると、着信は二〇一三年四月四日一〇時三三分になっていた。

一二時二七分品川発のぞみ三四三号に乗り込んで、きづくと目をかたく閉じていた。つかれはひりひり痛がゆくて、あまくならない。睡りになだれて、くれない。目と頭蓋のなかでただただ凝《こご》って、酸をたらしたような沁みるいたさだけがふるふる対流して、果てしもないようになった。不眠とつれあって、ながい。昨日今日のことではない。が、いやまして睡りがひらたく、あさくなったのは、美由と逢ってからではないか。それすら、もう定かではなかった。

Toshiko Miyamoto　おつかれさまー。原稿あがったころ？

あげましたよ。登志子さんは？

Toshiko Miyamoto　これからリハーサル。まあ、いつものメンバーだから。

Toshiko Miyamoto　そっちは何してるの？

いま新幹線なんですよ。

Toshiko Miyamoto　新幹線!?

はい、ちょっと用があって、奈良に行くんです。

Toshiko Miyamoto　あ、そうなんだ。いいなー。

そんないいものではないです。野暮用です。

Toshiko Miyamoto　　なんか疲れてない？

疲れては、まあ、いますよ。でもまあ、行かないと。

Toshiko Miyamoto　　何？　なんか取材？

京都駅もひさしい。からといって、たかだか数年ぶりのことで、そう構内の見え方など変わりようもないのに、振り向くたびに、泳ぐ視線のながれが、益体もない片隅の標識や売店の新装に吸われ、一体どちらを向いていたのかすらわからなくなって、往生させられた。一四時五〇分発の近鉄京都線特急に乗り込み、大和西大寺駅を超えてさらに南へ行く。奈良盆地の、空がひろい景色の、どこの片田舎とも変わらないような、あわあわとした緑と雑然とした住居の白壁がかわるがわるあらわれる、いなたいひらたさを、春の陽が照らしていた。まぶしい。ひかりが頰にあたる眼にあたる、強いて、眉が顰めさせられたようになる。車窓の向こうから、春が、惜みをしらぬあの鷹揚な春が、のどかさを、ひりつくような旺盛さを、おそらくは甘やかに、わけあたえ、注ぎ込んでくれているだろうのに、この身にはそのすべてが、痛い。胸ぐるしく、さわぐ心地が鎮まらない。

奈良盆地は古代、巨《おお》きな湖、いや海だったという話を思い出す。この、いま横切っているひらたい平野が、鹹水《しおみづ》をたたえた大きな港湾の海底で、信貴山と二上山のあいだを渡る谷から今の大阪湾へと通じていたという。どこで聞いた話だったか、耳学問ならばあやしいものだ、瞬間、車窓の内も外も深くふかく澄んだ青一色に染まり、海底からみあげると、日輪のすがたがゆれ、ゆれ、水面《みなも》にゆすれて、散り、まばゆくしろく突き刺してくる光芒のきりないみなもととなっている。吐く息が、ごぽりと鳴って、水銀の、赤子のあたま大の球になってかるがる昇っていく。

微睡《まどろ》みの末の夢でも、白日夢でもない。それは失われている。大和八木駅で近鉄大阪線に乗り換えて、美由が待っている筈の駅に向かうその道すがら、目の疲れが強いる瞬き、かたく閉じて、またくっきり開く、その一回ずつ、世界は無限に海になり、また陸《おか》になった。海底を行く車窓からふりそそぐ冷光は、目瞬《めしい》るほどのまばゆさの、しろさの、瞬時目をそらすその残像にわずかに映えるきりなく薄い青みと、漆黒をながくはてなく見詰めて微量、錯覚かとみまがうほどのくらく滲みる鉄紺のあいだの、すべてのひろさゆたかさのあいだで、無限の階調をくりひろげていた。乗客はそのつめたい光のなか、水底からみあげる魚の、なましろい腹のいろで、身動きもせずにいるのだった。ここで溺れ死ぬことができればよいと、一切の夢想もなく思う自分をあやしんだ。睡りではなく、そのあやしみが気を逸らせて、一駅乗り過ごすことになった。名高い古寺で知られるその駅の逆のプラットフォームに移りながら、いっそのことその古寺を訪ねてそのまま明朝帰ってしまおうか、と、出来もしないことを思い募る、おのれのあさましさをもてあそんだ。と、電話が鳴る。不意を突かれて手が戦慄《おのの》く。美由だった。

いま、どこにいるの。

そう……。もう今日ではお社は遅いの。うん。ずっとあなたを連れて来い、というお声が、いまでも聞こえるわ。そう。ずっと。そう、痛いくらいよ。その者をここに連れて参れ、って。今からメールする。その宿にいるから、来て。明日、御山に参りましょう。

駅に降り立つと、大和路らしくおおきくひらけた西ぞらが、みごとに夕やけている。たなびく雲かげのひとつなく、暮れ方の空がどこまでとも知れずひかる。その荘厳が、ふいに憎くなる。そしてこの一身の、憎しみの小ささを、おのずと憐れむ心地になり、その心地は戒めとなり畏れとなりかかる。おそれているのだ、確かに。

殺伐とまでは、いかない。いかないが、ひと気のうすさと、佇立する建物のまばらさ、そして変にまあたらしい駅舎の行き届きぶりが、誰もがどこかでは見たようなありふれた片田舎の姿をつくっていた。その、安堵させもするがわずか居心地もわるくさせる、人工の有り様が、もろともに夕闇にしずんでいこうとしている。沈みゆく、しずむ、もうしずんだ、太陽のほう、山々がつらなるその峰すじの線の向こうから、にわかに冬の名残りをかすかにふくむ、ひやっこい、薄荷《はっか》の香りがする風があふれ、くだり、流れてきて、春つちと若芽のふくらむにおいを吹き消している。吹き、消し終わって、春の夜の冷えが紺青《こんじょう》に染まる街中に行き渡る。と、ふとアスファルトから、ほのぬくい、昼ひなかにこもった陽の余りの、ほとびかかった熱が、かすかにつたわってくるのだった。



Toshiko Miyamoto　　何？　なんか取材？

あー、そんな、取材とかじゃないですけど。

Toshiko Miyamoto　　旅行？　そんな国内旅行するほうだったっけ？

まあ。どうしたんですか登志子さん。どうしてそんなに聞くんですか笑

Toshiko Miyamoto　　いや、あなた、ぶっちゃけ最近様子が変だもん。八瀬た

Toshiko Miyamoto　痩せたし。仕事遅いし。

Toshiko Miyamoto　フックアップした身にもなれっつーの。

あ、はい、申し訳ありません。いつもお世話になって

Toshiko Miyamoto　前も九州にいてなかったけ？

はい

Toshiko Miyamoto　いってなかったっけ??

はい。二ヶ月くらい前でしたよね。あの時はご迷惑おかけしました。

Toshiko Miyamoto　うーん。あのさ、美由ちゃんって知ってる？　よね

Toshiko Miyamoto　ってか、あたしが紹介したんだっけか。

はい。知ってます。

Toshiko Miyamoto　美由ちゃんも二ヶ月前、九州にいて。今、奈良にいるのよ。

はい

Toshiko Miyamoto　わりといつも連絡はとってるからさ。あのコトは。

そうなんですか

Toshiko Miyamoto　不躾だけど、理由があることだから。

Toshiko Miyamoto　ぶっちゃけ、なんかあった？

ただ古びて、すすぼけた、由緒も趣もないさびれた旅館の庇をくぐって、一足ごとにみしみしと軋る、くらい廊下をわたっていく。すくない部屋のあかりもまばらで、この土地の乾いた風土にそぐわない、黴の、懐かしいようなしめったにおいが、いっそ吸う息をやわらかくしている。通された、ふる畳敷きの部屋ははしたないくらいにしらじら、蛍光にあかるくて、誰もいなかった。ただ、一度みたことがある美由の旅支度一式、しろいボストンバッグの両隣、癇が立ったようにこまかく整頓してあって、湯でもつかっているのだろうと知れた。ふと、あおぐらい飢えが腹の底から這い上ってきて、ひる前、美由から電話があってから何もくちにいれていないことに気づいた。

障子があく。身ひとつ分やっと入れるほどの隙間ができて即座、するりと入ってきた背の高い浴衣姿は、ふっつりと切られて項《うなじ》をみせた、前下がりの先が顎よりもすこし長いくろぐろとした髪の、真ん中からわけたあいだから、化粧をおとしてかすかに青ざめた、いたたまれないくらいにしろい面《おもて》をみせている。濡れ髪がにおう、濃くにおう。正面、すこし遠目に膝を突いて正座をするかたちになると、そのままますっと身ごと、まっすぐ相対したまま、こぶしひとつほど寄ってきて、そこではじめて伏せていた瞼をあげた。目だけで、笑っていた。

ようこそ。きてくれて、嬉しいわ。ここはすべての日本人のふるさとなの。ここが大和と呼ばれる前から、五千年前、縄文のころから、この国をお造りになったかみさまのいらっしゃる場処よ。三輪山、またの名を三諸山《みもろ》といって、けっして紅葉しない、いつもきよいみどりの、聖なる山。連れて来るように言われるなんて、あなたがはじめて。しかも二度目でしょう。かみさまのご加護があるのだと思う。あなたには。いいえ、それだけではないわ。わたしたち二人を、祝福してくださっているの。大きな仕事をするあなたを、お支えするわたしを。

意志がない、ぼやけた眼差しではない。左右にぶれたりは、しない。焦点はくっきりと定かだ。すこしでも、笑みをふくめば、あまやかですらある。ただ、その焦点がどこに結ばれているのか、ふとわからなくなる。この目ではなく、それを突き抜けてこちらの後方かなたを眺めるように遠くなり、瞬間、おのれとこちらの瞳のちょうど中間の一点のみを、視線を外すわけではなく凝視しているようになる。そのたびに、こちらの眼差しは、美由の眼差しにつらぬかれて惑い、たぐり寄せられてはまたさまようのだった。目が合ったまま、しかし何も交わらない。と、ふっと伏し目になり、いま入ってきた方をむく。そこに障子などありはしないかのように、その遙か彼方を見ている。凝然《じっ》と。張り詰めた、息をこらした、耳を澄ます顔をつくって、思わしげに言う。一年前、わたしにはたいへんなお叱りがあったのに、明日はそうじゃないみたい。大物主《おおものぬし》さま、およろこびのようよ。かならず、お導きがあるわ。すっと、身体を前にかたむけて、のめるようになる、と思うと、両手をさしのべてきて、こちらの右手をつかむ。おさえる。数秒、そのまま、変に冷えてかわいた美由の手が、こちらの手のひらの熱を吸う、のを、感じている。あわい憔悴のけはいが、どちらの身からともしれずに立った。

素泊まりというので夕餉の用意がなく、宿の女将に訳を話すと近所の馴染みの寿司屋からちらし寿司くらいなら取れると言う。わたしはいらないわ、明日が明日だから。あなたにまで無理はいわないけど、でも。待っていると、一人前の筈が桶が二つ来る。折角だからとすすめると、素直に箸をつける。海もない大和路で、酢飯となま魚の香りがやけにきつく、そのきつさに誘われて飢えがあらためてせりあがり、不意にだまりこみ、ことばも交わさずただひたすら、喰う。のが、やや滑稽なようになる。ほんとうは、なまぐさは、いけないのだけれど。と言いながら、そろえた膝をすこしずつ、知ってか知らずか躙《にじ》り、ずらし、身ごと斜めにかしぎながら、ひとくちずつ、するすると一人前を呑んでしまう。ごくかすかだが、はっきりと猛々しい、ぱくつく、というような言い方がよく添うようなその食べ方が、美由であることを感じさせた。食べ終わると途端、とろんとした甘みが貌《かお》にさす。疲れているんだろう。うん、昨日もお社を回っていたから。まだ早いけど、一時間ほど宵寝でもするか。二人ならんで身を横たえると、すぐ背を向けて、つよい、酸っぱいほどの拒みのにおいを立てながら、すでに寝息をたてはじめている。

ちょっと、いいかな。お祓いとか、お清めの仕事の、クライアントのフォローをしないといけなくて。いつ蛍光灯を消したのか、ちいさな燭光の、くらいあか橙いろ一色だけが部屋のすみずみまで映えさせている。そのくらさのなかに赤みが微量まじっても、なおくっきりと影が濃い。そのなかで、スマートフォンのうす灰青の光がまばゆいのに、その照り返しにうかぶ美由の顔はどこか茫とうつつならず、たよりなく、あどけなくて、ただ手にするフラットパネルディスプレイから吸われすわれて両目の奥に貯まった、むごいくらいにつめたく、真白いひかりが、液体のように瞳の底にゆらゆらと波打つのだった。その白びかる液体が、たぷんと波打って、わらう。お祓いをしてさしあげたかたがいてね、お祓いのあと涙をこぼしていらしたんだけど、もうすっかり不調から立ち直ったって。わたしの人生なんて、ひとからみたら破綻しているのだろう、でも、こうしてちいさなことなら、できるの。と、何か透明な絶縁体があいだに嚙まされているようにかすかにも伝わってこない、誰に語りかけるわけでもない声で、つぶやく。そのまま色もかたちもうすい、おのれのくちびるを吸い込んだ口つきになってそのまま、また、にいっと、笑みになる。スマートフォンから目を離さずに、言う。登志子さん、おぼえてるよね。九州の比売神《ひめがみ》さまたちに、興味があるらしくって。ずうっと、メッセンジャーで聞いてくるのよ。宇佐の比売大神さまや、宗像《むなかた》の女神さまたちだけじゃ、ないから。と、笑み声のまま手首をひねり、スマートフォンをみせてくる。みつくろってくれない、だって。登志子さんらしいわ。

Toshiko Miyamoto　あたしの業界でも、験を担ぐひとはおおいからねえ。

そういうかたの依頼もありますよー

Toshiko Miyamoto　しかも女神さまでしょ。めっちゃ興味あるわー。

うふふ。

Toshiko Miyamoto　でもどうなの。女だから女神がいいっていうわけじゃないんじゃない？

んー。でも。

もともと、登志子さんは、こちらがわのひとだと思うよー。

Toshiko Miyamoto　こちらがわ

あたしねえ、

ぜったい巫女体質だとおもうんです。登志子さん。

Toshiko Miyamoto　だったらいいんだけどねえ。

Toshiko Miyamoto　美由ちゃんみたく、才能ないからさ。

えへへ。前世とか、何かつながりがあったと思いますよ。あたしたち。

Toshiko Miyamoto　前世がニーナ・シモンだったらねえ笑

Toshiko Miyamoto　練習練習練習で、そんな才能とか体質とか、なんもないわ〜。

こんど見てみますよー♡。前世！

姉妹だったりして！

Toshiko Miyamoto　あはは。

Toshiko Miyamoto　こんど何か芸能の神様とかみつくろっておいてよ。

Toshiko Miyamoto　そっちに歌とか、音楽の神様とか、いない？

弁財天さまとかかなあ。

直接、かみさまから聞いたほうがいいんです。

うちそろって、手の中に入る小さなひとつきりの画面を眺めるかたちになる。ややもすると吐息で、ディスプレイの硬化ガラスがくもりがちになって、それがどちらの息とも知れなくなる。頰に、ほのしめる髪がふれる。ふと、身のうちの何かがうごき、そのまま腰から寄せてかきいだいて、瞬間、膝からくづれ、されるがままの美由の、身のおもさをこちらにうけて、つんと浴衣の糊のにおいと洗い髪の香りが立ち、ゆっくりと、だきすくめる。ふとこちらの、頬をなでるかのように寄ってくる手首いちめんの、いくすじもの、か細いためらい疵が、目の前で文様となってあかるむ。途端、痛み、この身ひとつが、赤ぐろい血だけがつまった袋の重さになる。

　しろい、足のつまさき、つめが、あか橙のひかりのなかで、へんにひかって。咳き込み、畳に這っている。這わされている。見られている。喉ぼとけにふかく食いこんだ両の指を離して、そのまま、突き放されたか。あえぐこちらからは、あちらの仁王立ちになった、片足のつま先しか、見えない。くぐもった、声をころした、しかしくっきりと烈しく、くるおしい、明《あか》いにくしみの、ひえて、しかしこれは、哮《たけ》りだ。やっと意味をふくんで通ってくる。もうしないって言ったでしょう、あなたとは。沖縄のおかあさんの話もした。お《ゥ》知らせ《シラシ》があったの。来年三月の巫入りのために、身を清めておかなくちゃいけないの。それまでは、できないって、言ったでしょう。わたしがどれだけ疵つけられてきたか、何度言ったらわかるの。わからない、あなたには、わからない。けがらわしい。ええ、言ったわ。何度でも言うわ。けがらわしい。きたない。あなたは何もわかってない。こうして呼んであげた意味もわからない。この。けだもの。

疵つく、ですって。なにを言うの。この。この。ありえない。わたしがあなたを疵つける、なんて。あなたよ。あなたが、疵つけるの。わたしに疵つけられたというその、あなたの文句が、わたしを疵つけるの。疵ついたのは、わたし。疵をつけたのは、あなたよ。莫迦にしないで。ふざけるな。なっ。何を、何を言うか。黙れ。けだもののくせに。けだものっ。

やわらかく、うすらにあまい風が、ゆくりなくふくらむ。そのたびに散らばい、飛びかうのに、風のながれがほそくなると、しんしんと雪のようにふりくだってくる、桜の花びらのひとひらずつが、ゆかしい。その小さないちまいが、口くちびるにつく。とてもわずかな、ひどくはかない、しかし確実な奇蹟で、そのまま吸ってのみくだしたら、この空をはてなくひからせる、さくら色の美しい春を、まるごとたべることができる。ふときざす、はばかりを押し殺して、道ゆくひと、連れに知られないように、下唇をすいこみながら、呑んだ。このひとひらが身に沁みて、すこしでも、清くなればよい。この春風に、吹きさらわれて、けがれごと消えてしまえばよい。殊勝なようなことを思いかかると、またふくらむ、巨きな大気のながれが、健《すく》よかにたけだけしい、春つちの、つんと目にくるような旺盛さを、ゆたかにあまく深々となまぐさい腐《くた》れのなかから生えて育《おが》っているうごめきたちの、くねり伸びるからだの匂いを、この身の洞《うろ》の奥のおくまで、おしみもなく、つらいくらいに注ぎ込んでくるのだった。こんなにもこんなにもうらうらとした、すべての春の勁《つよ》さが、すこしだけ、汗になる。

Toshiko Miyamoto　うん。言ったっけ。

Toshiko Miyamoto　美由ちゃんいま二十四か。

なったばかりです。

Toshiko Miyamoto　あ、そか。誕生日だったな。

はい

Toshiko Miyamoto　あのさー

Toshiko Miyamoto　あの子が十九くらいのときから、あたし

Toshiko Miyamoto　知ってるのよ。

そうなんですか。

Toshiko Miyamoto　うーん。それな。

Toshiko Miyamoto　同じパターンなんだよなー

慣れているはずの、この土地の者らしい若人がめずらしげにうちながめるような敬《うやま》いようで、深くふかく、ふかく、大鳥居の前で頭をさげてみせる。つま先から襟足までけざやかにまぶしい白装束で、ややもすると無色の蠟のようなその肌のおもてに映えて、染めてもこうはなるまいと思わせるくろぐろとした髪が、いっそびっしょり、濡れぬれているかのようだ。ふりむいた、目だけの笑みが逆らいがたいうながしになって、おのれのふたつ膝しかみえなくなるくらいに、同じいかたちをつくる。

朝のそらはどこまでも四月、どこかとおく霞んで、あわあわとした青、どこか藤の花のいろを溶かしていて、御山のそばをかすめていたちぎれ雲のひとすくいを、ふっと、どこかにかくしおおせてしまって、みずからは少しだけくすんだまま、地に這うものたちだけ、きらきらしく輝かせている。そのかがやきを、ひときわ照り返して白びかるのは、美由のうしろすがただった。

すっと、指をさす。白にしろの文様ある腕から、するするとしなやかな線を出してのびる手の甲、さらにたおやかに長くぴんと反って張るひとさしゆびの先の、塗りのない素のつめまで、花やかなさくら色で、宏大な大気をつらぬいてしめす先には、みどり、神が坐《いま》す山がみえる。この春よりまして、美しい。

二の鳥居を同じようにくぐる。敬神の所作をつくるそのたびに、身のうちがひんやりとした空けた洞《うろ》になってうすぐらくなり、何かを、降りくだって滴りくるような何かを、待ちこがれるようになる。頭《こうべ》をあげると、不意に美由が寄っていて、肘に手をあてて添って来て、風がそよぐたびにどうかすると切りそろえた髪先が頬にふれるくらいになり、そのまま、かすれ声でささやく。しめった息がかかる。お喜びの様よ。もうすぐお声がかりがあるわ。感じるでしょう。つくりもののようにましろい白目に、薄みどりがかった濃茶の虹彩がひかって、さらにその真中に浮かぶ瞳孔が、大きく、かぐろく、ぬれぬれて、ひらき果てて、こちらを見ている。この目ではなく、この洞をか。見抜いているか。ここで、こんなにお喜びの様子なのは、はじめて。待っていらっしゃったのね、あなたを。わたしのようなものが、お手伝いができて、うれしい。こうして、一緒にここにくるのが、定めだったのかもしれないわ。今生の前からの。そう、わたし、夢を見たの。きのうよ。前世、あなたとわたしは、きょうだいだったって言ったじゃない。でも、そうじゃなかった。あなたが、わたしを守ってくれていた。なにかつよい、もののふのような姿をしていたわ、あなた。どこまでも守ってくれていて。これは、とても深い縁だとおもうの。もしかして、きょうだいよりも。

森々と空にしげり居並んで迫る、杉の巨樹の両列がおしつつまれて、参道がにわかに翳る。狭まるようになる。が、常緑の葉のみどりがそのくらさを透かしてうすくする。左右の木陰を割って、空の青さがひかりをきりなく降らせ、足もとから彼方、神域へと延びゆく一本の白砂利の道をうるわしく明るます。翳りもろともにやわらかい、いちめんのいちめんの、きよらな淡彩の春の道がつづいている。おのずと息がふかくなって、どこか若芽の、おさないにがさをふくんだ木々の香りが、するするとあおりこまれ、身のうちをめぐって、はく息になってそのまま、大気にながれていくのだった。このひとつ身には明澄すぎて、常のまばたき一つひとつがまるで世界の暗転のようになって、しばし惑わせられた。足が停まっている。みると、美由が笑み顔でこちらを振り向いている。聞こえるわよね。その声も、木々の香りごとするすると呑めて、しまって、ゆっくりとした、何かを確かめるような頷きになった。でしょう。爽《さ》っと手をのばしてきて、そのまま軽くこちらの小ゆびくすりゆびだけ、引くようにする。その手首の傷の上に水晶の様なパワーストーンのブレスレットを二つ巻いている。つれて歩き出すと、手をはなしてそのまま、行ってしまう。とおく見えるのは、あれは手水舎《ちょうずや》か。そこで手くちを漱ぎ清めてしまえば、もう触れる訳にもいかない、か。仕事の連絡をたしかめる、とその後ろ姿に声をかけた。ふりむくと、手のひらのなかのスマートフォンを見せる。ひとつふたつ、公用のメールをざっと読み、即座には返信の要がないとみさだめると、昨晩からのメッセンジャーのログをみる。

Toshiko Miyamoto　美由ちゃんが大学でてから

Toshiko Miyamoto　仕事なにやってたか知ってるっけ

モデルだって聞いてます

Toshiko Miyamoto　あ、知ってるんだ

Toshiko Miyamoto　そのときからなんだよね、急にああなったのは

Toshiko Miyamoto　二年前かな

そうなんですか

Toshiko Miyamoto　まあ、何かあったんだろうけどね

二年前

Toshiko Miyamoto　そのあとだねえ

そのあと

Toshiko Miyamoto　うーん

Toshiko Miyamoto　別れたんだよね？　美由ちゃんとは

はい

最近、ふられましたね笑

Toshiko Miyamoto　なら話すけど

はい

Toshiko Miyamoto　それでも、ききにくい話かもしれんけどさぁ

大丈夫です

Toshiko Miyamoto　そのとき美由ちゃんがつきあってた男を知ってるんだけど

Toshiko Miyamoto　すごくモデルとしてやっていくために世話してあげててさ

そうだったんだ

Toshiko Miyamoto　うん

Toshiko Miyamoto　でも、なんかあっさりふっちゃって

Toshiko Miyamoto　それからその子にも、そのあとの男にもずっと言ってるんだよね

何をですか

Toshiko Miyamoto　え。前世で兄妹だったとかなんとか

そうなんですか

Toshiko Miyamoto　うん

Toshiko Miyamoto　まあ、美由ちゃん、すぐくっついちゃうし。

Toshiko Miyamoto　モテるからなあ。若いし。

そうでしょうね

Toshiko Miyamoto　女同士でいるときはいい子なんだけどね

Toshiko Miyamoto　簡単に男の連絡に出ないのがモテるコツ、とか

Toshiko Miyamoto　よく言ってるけど笑

ははは

Toshiko Miyamoto　若いうちだからいいんじゃないかなあって笑

きよい。あさまだき、境内はひたすらに静かで、するはずの鎮守の森がさやぐけはいさえ、どこか間遠になって消えて、しいんと、ひたすらにしいんとだけ、鳴る。この頭蓋のなかにつまった何もかもが、みずからも焚き付けた嘘も真も、すべてこの鳴りのなかできりなく、すっとひとすじ肌にぬりつけたつよい酒精のようにひやひやと、揮発してこのそらにきりなく散《あら》けてしまえばよい。すべて蒸発してしまえばよい。なくなってしまえば。

神さびのひかりてらす、拝殿の茅葺き屋根は青朽葉いろに映えて、老いた杉の巨樹の枝がふさやかに張るそのかげを、すこしだけにじませながら、地を這うものにはついに読み解くことができぬ文様のようにちらしていた。居並び、拝礼をおえても、美由はまだ柏手《かしわで》をおえてそのまま手をあわせ、瞑目してしばし、そのおもてにひとすじどこからかかかる陽光で、両の睫毛をくっきりとかぐろくしている。下まぶたにその一本ずつの影がのびているのがみえる。黄金色にほのじろい肌をそめる産毛がみえる。美由の、においがする。何を思うのか、知れない。目があく、と、その睫毛にひとつぶ、何かきらめく。ふかぶかと身体を折って礼をする、と、ふたつぶ、みつぶ、足もとに滴りがおちる。天から遙かにおちてくる大粒の雨の、あらしの、最初の三粒のように、くっきりと跡をのこす。ひそめた眉、頰をなみだがいくすじもつたって、口の端からよこざまに、ひとすじ、黒髪がその顔を裁っていた。あか子のように泣いている。声をころして、嗚咽している。一瞬でぴったりと、まなざしをあわせてくる。つくりもののように白く、薄緑がかって濃茶のひとみが、ひどくあどけなく、ぬれぬれている。喉をわななかせ、しゃくりあげるまま、そうなの、そうなの、こんなに、こんなにふかい縁が、この世にあるだなんて。わたしなんかに、くださるなんて。わたしたち、離れられない。聞こえるでしょう、そう仰《おつしや》るのが。こんなにはっきりと。耳を澄ます。みみをすます。すます。風の音が、つめたい。きりいん、と、つま弾かれた磁気のように、頭蓋が鳴る。鳴っている。鳴って。ふと、ひだりがくらくなる。したまぶたにそって、人肌がふれて、ほのあたたかさと塩からさが、つたわってくる、そのぬぐい取られたしずくのしめりをそのままに、こちらの手をさぐってくる。美由の手ゆびに、まだ涙のしめりがのこっている。もうひとしずく、だけ、右目からひとつぶ零《あや》した。こちらも。ひとしずく、熱いながれが右頰につたった。聞こえたわよ、ね。

　拝殿のむかって左、末社への参道がぬけていて、二人だけがあゆみゆく。砂利をさくさく踏む音だけが、そして美由が息を吐きその息を吸うくぐもった響きだけが鳴りとよもしのすべてだった。ふと凜とした丈高い立ち姿のまま、艶だってふりむくたびに、わずかに、目もとだけが、ほころんでいて、唇をすいこんでは昏《くら》い真円の瞳孔をきらきらひらいて、そのまなざしで、こちらのおく深くに忍びいり、抉《くじ》り、何事かさぐっていくのだった。綺麗だ、とくちが動いて仕舞う。うん、知ってる。よく言われる。

祓いを済ませて、手荷物ごと、履物もあずけてしまう。むきだされて視線を吸う、はしたないほどましろい裸足は、つまさきだけ灰梅いろをにじませ、ぜんたいうすらに青すじをくっきり透かしていて、みるに、つらい。その足をおしげもなく晒して、さくりさくり音たてて白砂利を踏み行く。追うとまた急に振り向き、赤すじが一本ぴしりと残った白眼で睨め上げる。いい。ここは神奈備、かみさまのいらっしゃる場所、この山じたいがご神体なの。神殿がない、もっとも素朴で、純粋で、もっともふるい信仰が残っている神の山よ。草一本きずつけたり、持っていってはいけない。よいわね、無礼のないように。

御山へ登拝する入り口をくぐりゆくと、不意に鬱蒼とした、千古斧を入れぬと言う森のくらさがはてない静まりを強いて、萌えいずる伸びゆく草木のいがらいような熖《いき》れが、春の森のはだざむさを裂いて、間断なくのぼってくる。しめった、つちのにおい、苔のような沢のようなにおいをも時折たてる、赤土のべとつき、ぬらつきを、ずぶりずぶりと踏み抜いていくしろいあし、その跳ね返りでよごれていく桃いろの踵をみながら、美由のうしろすがたを追う。登る。

ころころと潜《ひそ》み音《ね》をたててながれる、清流のながれに小橋がかかって、その上から谷沢をみあげるようにすると、そこはまぎれもなく聖《きよ》い場所だった。数えきれぬほどのふるい神木、香り立つ杉の幹がきりもなく垂直の線を引き、生い茂る枝葉のみどりにくらい影が空を押し狭め、またせばめて、春霞のなかでいろ淡かったはずの空の深みを、くらくらするほど青めあおめていて、そこから斜めに入って来て昏《くら》さを割る、光芒のひとすじずつがどうして、ぬくいような飴いろにこの神の森を染めるのかと、不思議がるこのひとつ身のおもてを、その真っ逆さまにうちこぼれてくる木漏れ日が打って、そのいたがゆいまぶしさが、この憂き身うつし身をもきよくしてくれるのかもしれなかった。

はあ。はあ。はあ。美由の、はく息があらくなっている。立ち姿がきわだつ背のたかいそのからだは、けっして強くはないはずだった。むしろ子どものころから身体がよわい、二十代になってからも、巫病《ふびよう》になってからすでにながいと、そう聞いていなかったか。沖縄のね、おかあさんがいるっていったじゃない。ほら、久高島の御嶽をさして、ここが日本人のふるさとだっていったひと。そのおかあさんにあたるひとにカンダーリィだっていわれたの。それを聞いたときには、ほんとに、ほんとうに、救われた気持ちになった。なんでわたしだけ、こんなからだで、家族からもつまはじきにされていなくてはならないのって、ずうっとずうっと、思っていたから。神倒れ《カンダーリィ》になるということは、神高生まれ《カンダカウマリ》ということなんだ。つまり、わたしはもともと、神人《カミンチュ》になる運命にあった。そういうことなのね。ふふ。でも、こんな若くして、そんな目に遭うのは、めずらしいんだって。ふつうは、もっともっと遅い。子どもが出来てからのひとのほうが多いみたい。おかあさんも、そうだったし。こんな若いひとが、あたしのところにくるなんて、普通じゃないって。でも、しかたがない。しかたがないわ。他にどうすることもできない。話したとおり、いろいろあったしね。そうね、わたしのつとめなの。これが。なんでわたしだけ、こんなめにって、思ったけどね。最初は。

息を切らしながらの身の上ばなしは、幾たびもいくたびもきいたものと寸分たがわなくて、こちらにむかって正確に、むなもとに、投げてくる分と、唱えて、となえて、自らに、みずからの奥底にまで響かせる分と、きっちりと等量だった。真っ正面からこちらを見て、視線で視線をかたくつかんで離しはしないときと、何も視ていない茫とした、ひたすらにおのれのうちのみ眺めるくらさを湛えるときと、その正円のくろめのすがたは、そのたびにくっきりと変わるのだった。誰でもよいだれかに話しているのかもしれなかった。その身すら、誰でもよいのだろうかとも、ふと思わされそうになる。

息切れはざらつく喘ぎとなって、深山の静もりのなかでただひとつ鳴り渡り、しっとりと重い土のつめたさと、木々の差し交わしで出来た山道を、一直線に、おそろしい疾さでかけていく。もう振り向かぬ。引き離されまいと、精一杯追いかけて近づいても、また不意に引き離されている。迷いがない、からか。それとも美由は、呼ばれているのか。何ものかの見えぬちからにひかれて、ということが、ありうるか。あるいは、あの後ろ姿は、もはや美由ではないのかもしれない。と、そのどこまでも無味無臭の、しろ一色のからだから、髪の匂いがながれくる。うっそりと、濃い。李《すもも》の、甘酢で漬けたものの赤あかとした肌に歯を立てたときのような目にくる香のたてる、汗でそぼぬれていることが判るほど、寄っている。目の前の白木づくりの小屋に入っていく。しばしためらって、続く。すでに、その小屋を抜けた奥の、小さな滝に打たれていた。相対するかたちになって、木下闇《このしたやみ》の、澄んだ葉のみどりが折り重なるくらがりのなか、高くからひっきりなしに落ちてくるみずの重さ、ながれの強さに身を、顔をたたかせて、しろい姿に青みが刻々増していく。口くちびるまで蠟のように真しろくなって、ぬれぬれ、一たび瞬けば、そのままふと、ばしゃん、ふりおちて岩にくだけ、とびちってながれゆく水のひとすくいになって消えて、果てて、ただ白装束だけがのこって苔むす岩に貼り付いている、かと、痺れるほどに息をつめてその蒼くかげる顔を真正面からみつめつづける。

声もかけず、こちらも見遣りもせず、すり抜けてまた小屋をくぐろうとする。すれちがう、その肌おもてからつたわってくる、芯からの冷えが、いたい。瞳が窄《すぼ》まり、細筆で点を打ったようになって、月白《げつぱく》に冴え返ったしろめばかりが浮いて、眼の縁どる血すじの、なまぐさいような真朱《まそお》ばかりが、まがまがしい。つうんと、酢のにおいのようなふれかたで、美由の凍えが刺してくる。ふと、肩に手をあてて引き寄せると、邪慳、いや激高の所作で、ふりほどいた。こちらを見ない。侮蔑と峻拒だけをただよわせて、もろともにずぶ濡れたまま、また道をのぼっていく。その姿が、たった今の行いをきたなくした。引き押さえて、身体を拭かせ、みずからの衣服を与えるつもりだったか、そのまま引き倒して、その肌つめたさをこの底ぐらい肉の焦がれで犯すつもりだったか、皆目わからなくなる。まがまがしい、では、ない。美由はきよいのだ。浄めをしたのだから。猥《みだり》がましい、凶《まが》しいのは、こちらだ。

呆けたようになる、みずからの考えに、いやむしろ正体もなく濁りゆく無心にのめり、考え無さに泥《なづ》んでしまうのを、ひっきりなしにさえぎって、前を向く。のが、精一杯で。みるみるうち、神《かぶろき》の森の木陰をしらじら切って、のぼり、のぼり、見上げるほうへ遠ざかりゆく白装束を、いっそ見捨てて山をくだるという手は、もう、なかった。なくされていた。

参道がどこで折れたか、その姿を見失っている。この、ちかづくほどにその巨大に空を突き刺す鋭角をあらわにする藍鼠《あいねず》の岩、の向こうにまた折り重なるように岩また岩の、これが話には聞いていた磐座《いわくら》なのか。神の居る岩か、この岩が神なのか。発掘はおろか手にふれることもできないのよ、と、美由から聞かされていたその巨石のひと群れの影のなかにしばし染まって、なお登り行くと、急に目前がひらける。あかるい。深い森のなかで陽が円錐の形にさし、黄金《きん》いろにひかる。その場処に、待つでもなく美由が、杉の巨樹の強《こわ》くあらい木肌にひだり手を平らかについて、右足をかばうように宙に泳がせている。

不格好に、カーゴパンツの大きなポケットに挿しておいた鉱水の、ペットボトルの一本を引き抜いて、眉をよせて切ないようにくるしがる美由に差し出すと、ためらいがちに口をつける。座り込んでもう一本をあけると、腐食したつちの、苔のような匂いがねとつく泥つちが、みっしりと覆う足をぬぐい払って、手ゆびでていねいに洗いながした。拈《ひね》ったか、挫いたか。外傷がないかたしかめようと顔をかしげるように寄せると、この爪の先まであおざめた足が、いつか、手入れが行き届いてやわらかくほそく、いさぎよいほどに紅いペディキュアがぬられていたとき、口づけて、親ゆびと中ゆびのあいだを舌をねじこんで、割った、と、鼻骨から頭蓋ぜんたいに響くこれが、痛みだ、と気づいたときには、地を這っていた。知らず顔をおさえた、その手をはなすと、あかぐろいぬらつきが、まざまざ手のひらの皺にそって滴っている。この。このっ。お前、いま何をしようとした。えっいま何をしようとしたんだっ。ここを何処だと思っている。この。けだものっ。きたないっ。何よ、それは。何。血。血で、汚して。よごしていいところだと、思ってるの。お前なんかの血でっ。もう、きたないっ。きたないわ。どこまで。どこまで、けがれているの。何。なによ、その顔は。虫けらっ。ああ、きたない、きたない。あたしの足にまで、足にまで、ついてる。拭きなさいよ。ほらっ。はやくっ。

報いだ。これは。麻のハンカチーフで美由の足をていねいに拭う。どこに血がついているのか、わからなかったが、美由がそういうのだから、どこかには、ついている。どこについているかわからないものを拭うのは、むつかしい。いっそう丁寧に、手抜かりないように、しなくてはならない。いつ拭き終わるのかもわからないが、いつまでも拭いていると、また何と思われるかおそれられる。ふと足を引くと、火照った面《おもて》でこちらを睨みつける。踵を返すと、ややかしぎながら、しかし挫いたのが嘘のように、またかけていく。そこで、やっと、鉄錆を嚙んだようなあまい、あの血のにおいがのろのろと立ってきた。ごぽごぽと喉のおくで、ぬめりがかたまり、この血を吐き出すことも憚られて、嘔吐《えず》きながら飲み込むしかない。懐紙のたぐいを持っていない。手でおさえると、自然くちが開く。ぜえっ、と吸い込むつちのにおいが樹木のにおいが、また吐き気を誘う。喉のおくから、また血のにおいが大気にむかって昇って、この御山をけがしていく。よろぼいながら立ち上がるおのれのすがたを見る。滑稽なようになった。報いだ。いま起こったことが、遠くなる。本当は、本当には、美由の足にくちづけて、舌を這わせてしまったのではなかったか。本当には、美由は顔を蹴るつもりではなくて、あのくすぐったがりのせいで、ふと足をそらしただけではなかったか。それが偶然あたっただけではないか、あるいは戯れに、蹴るふりをしようとして、それが。一体、本当に、起こったことなのか。美由との、すべてが。と、喉が蟇蛙《ひき》をつぶしたような音をたてて、ぼとり、血のかたまりが落ちた。何という穢れか。おのずとおそれられて、麻ぬのでまわりの土ごとすくいとり、どうしていいかわからず、そのまま包んで、ポケットに押し込む。美由には、疵がある。そう言う。足をめぐっても、ふるい疵が、痛い思いでが、刺すのかもしれなかった。その疵に触れたむくいなら、軽い、はずだ。そうだ、美由はかずしれない疵を負った女だ。多くのわざわいと、多くのしいたげと、多くのやまいに、耐えて来た。そうだ。そう聞かせてくれたのだ。あの昔話をする、甘やかな、遠い目をした、横顔をおぼえている。まざまざと、思い出せる。その話ごとのくいちがいすら、その疵のせいだと、こちらから言い出したのを、おぼえている。そうだ、愚かだった。下劣だった。きたなかった。美由のいう通りだ。美由を、その疵を理解し、癒すことができるのはおのれだけだと、思っていなかったか。守れるのは、いや、治せるのは、おのれだけだと。この傲慢、この尊大、その報いをも、いま受けている。罰なのだ。神罰だ。そうだ、起こったことなのだ、すべてが。その報いとして、今ここにいて、こうしている。だから、だから、追わなくてはならない。ほら、ほら、こんなにも足がかるい。血のにおいを切り無くふきだしながら、こんなにも山道を駆けていける。美由が、その疵をわけてくれたのだから。とおとい疵を、このけがれたひとつ身に。だから、こんなにもはしることができる。この聖さに、呼ばれている。呼び声が聞こえる。美由に導かれて、美由とわかちあうために、ここに来たことが、今ははっきりとわかる。

ひかっている。空が開けている、果てしもなく深いそらから陽は二人をてらして、山頂はかぎりなくひかっている。美由は白一色、しずかに微笑み、迎えるかたちになって、こちらに手を伸ばしている。ひたすらにやわらかく、手をにぎってくる。背伸びをして、耳目にささやく。目にうつくしいなみだをたたえている。はらはらと零《こぼ》して、泣く。聞こえたでしょう。あなたに一生、お仕えせよと仰るのよ。大物主さま。大きな仕事をなさる、あなたにお仕えせよと。嬉しいわ。わたしも、国産みをすべく定められている。そう仰るのよ。もう、逆らうことはできないわ。わたしは、このくにの真ん中に、中枢に、入って行くさだめだと。たいへんなことだけれど、わたしたち二人ならできる。わたしたち二人で、このご縁で、すべてをかえることができるわ。さあ。

頂には神々しい、巨石がそびえていた。その直上、日輪が、荘厳に燃えている。二人、その前に膝を折り、座り、這って、ふかぶかと頭を垂れた。美由が祝詞をとなえる。住所《すまい》を告げる。神意が下されている。われら二人に。うたれて、そのまま顔をしずめ、清浄な聖地のつちにくちづけた。すこやかな、甘い香りがした。

山を下って駅に向かう道すがら、わたしは他にお参りしなくてはならない神さまがいるから、と、宗像大社の前でもそうだったように、するっと美由はタクシーをとめて、消えてしまった。ひとり残されて、そのまま東京まで帰ってきた。それが美由を見た最後だった。

やっぱその手かあ、ごめんだけど、それ、他の男何人もやられてるよ。という登志子のメッセージを、自室のベッドで、疲れ果てて眺めた。震災後さ、あたしの友達のいじわるな編集者が、酒場で言うのよ。これからはスピ系とかオカルトが流行るって。一儲けのしどころだって。美由ちゃんも、そういうのなんだよね。若いから、しかたない。

ところで、今度晩ご飯でもどう、という登志子のアカウントを削除すると、昏々とねむった。美由の面影があわくなり、思い出せなくなるのに、半年かかった。

*

えへへ。いや、もったいぶるんちゃうで。でも、なんてゆうたらええんかな。うーん、

ＤＪはＤＪやねん。けどな、ほかに、えーと。なんや、院生ってゆうたらあたりなん。キャバ嬢ってゆうたらあたりなん。どうなん。わからへん。

かるく細身をひねり、貝殻骨をけざやかにうかせた背中の、うすい肉づきを見せて、するりと猫のように靭《しなやか》な身ごなしで丈高く足がつかないスツールから降りる。と、座ったこちらと背がかわらなくなって正面に立ち、ストーンを散らしたネイルときっかり同じ珊瑚色に潤《うる》けたくちびるから、また同じいろにひかる舌先をだしてみせる。ふと逆の、ひだり手をあごにあてる形をつくると、そちらの爪はつややかなターコイズブルー一色、下まぶたに淡いようにひかれた銀箔《ラメ》いりのラインのいろと同じで、ぷっくりふくれた涙袋をきわだたせている。

外は、明るいのだろう。いまはもうゆっくりと、低くひくくバスドラムの轟きが身の底までをゆらし、うすらに酒の割りものの、人工の甘みの香りがきりなくこめているこの地下にいても、あたらしく生まれた陽が燃えはじめる気配、大気がみるみるふくらんでいく気配、夏がまた青天に君臨しようとする力の気配が、しんしんと滲みてくるのだった。どうかすると、肌に熱を感じそうで。バーカウンターから見渡しても、何人もフロアには残っていない。あ、もうかえらなあかん。すっと退《しさ》って、尖って花車《きゃしゃ》な肩ごと、顔をかたむけて、見上げるようにする。鎖骨の三角のかげに、ゆったりと貯まるようになる、くらいの長さの、落ち着いた色目でゆるゆる毛先をあそばせた髪が頬にかかって、あの色の唇をやや、隠すようにする。大きすぎるくらいの、人形めいてうすい色の黒目が寄って、せまい白目がきらきらしく、酔い覚めのあかい、ひとすじふたすじがかえってその濡れぬれた白さをひからせる。しずかに、いっそのろのろと、こちらの視線をゆっくり吸って、すい、こんで、目をあわせてくる。少しそのままでいる。凝然《じっ》として。ふっと何かに呼ばれた風情で振り向く。かえるで。かえります。今日はほんま、ありがとう。花笑みをつくってみせると、そのまま、行ってしまう。不意に電灯がつく。真っしろな、ただ一枚だけ身につけたざっくり編まれて複雑な、勾玉か羊歯の芽のようにペイズリー柄めいた、レースのキャミソールワンピースがまるまる肌を透かしていて、ほとんど一糸まとわぬはだかの輪郭が、あまたの目を奪っている。よく見ないと下にもう一枚肌着を着ているのがわからなくて、しかしその薄く肌についた文様は、胸元から膝上まで一面にいちめんに彫られた白の刺青だ。と、きゅっと寄せられた貝殻骨の、みぎの、やや下に大きなあか痣が、やはり白いレースに透かされていて、まったく隠す気はないようなのが、見るにつらいようになり、瞬間、剝き出しになまめかしいその後ろ姿が、惨《むご》いくらいに、いとけなくあどけなくなって、その白一色の装いも、細い姿も、赤子か少年のそれのようになる。ふっと振りかえると、大輪の笑顔になり、子どものように手をのばし大きな、おおきな挙措をつくって手をふり、わかれのあいさつをするのだった。

真夏のひかりにうたれて、なまぐさい曖《おくび》を飲み込み、かるい嘔吐《えず》きをこらえながら、重い手荷物をうけとり、新幹線に乗り込んで、席につく。煙草の脂と、汗と、蒸留酒の残り香が、蘞味《えぐみ》をふくんでおのれの胸元からあがってくる。みずからの匂いが、あたりに憚られた。東京駅につくまで、眠ってしまう心づもりで、目をかたく閉じる。や、それDJとしての名前やねん。ほんまはあやいいます。いろどりのほうのさいって書いて、彩です。彩、か。あの娘と連絡先を交換していなかったな。そのまま、不眠のならいのはずが、あえなく睡りのなかに辷《すべ》っていった。めずらしく、夢もみなかった。

声がする。声が。この名を呼ぶ声だ。渋谷の喧噪の真ん真中を、割って、なげられてきて、ころころと鳴る。空耳かとあやしむ。急にみずからの日々の、褻《な》れの姿が、やましいようになる。おのずと右手に目が泳いでいく、のを遮るように、左手から声がかかる。こんにちはあ。あたしのこと、おぼえてはりますか。細いくびをふっとかしげて、さぐるような目をする。と、ややあって、あやです。大阪で逢うた彩です。ああ、よかったあ。なんやぽうっとしてはるから、ひとまちごうたかなおもいました。あー、ごめんなさい。いややあ、あたしめっちゃ見た目かわってるやん。そんないきなり、わかりませんよねえ。と、あの大輪の花の様な笑顔の、きりのないもの惜しみなさが嘘のようにありあり目の前にあらわれて、あの時の彩だと腑に落とした。かみきって、黒くそめたんです。茄子紺に染め上げられてわずか灰にほの照るベリーショートの、やや毛先をあそばせたあまさを、左目のやや上でかっきり前髪をわけてころし、つめたい、いっそ凜々しいような貌に、ニューエラの深い松葉いろ一色にニューヨーク・ヤンキースのロゴがくろく、めだたず入ったキャップをすこし右にかたむけて乗せ、紺一色、小指の爪ほどのロゴマークがいちめん点々とちりばめられている半袖のしろいシャツを、釦《ボタン》を喉元まできっちりとめて、腰のやや高いところから膝下までながめの、スウェット生地だろうか、みどり深緑しろ褐色からできている大きめの柄のウッドランド迷彩の、黒をぬいているせいでぜんたいほのかにゆるく抜けたような柄のスカートがタイトで、両手でつつめてしまいそうな細い腰の線をまざまざ出している、そこから俄には信じがたいくらい真っ直ぐにのびたひざ下の、やはりあか痣がひとつふたつ、隠すつもりはないらしく、細い足首の先は、ライトグレイに金の刻印が打たれた、しみひとつないスニーカーはプーマ・スウェードという恰好《なり》で、や、なんや、急にちいちゃなった、思てるでしょう。今日スニーカーやし。あのときめっちゃ高いヒール履いてたんですよ。なんや人のパーティにお呼ばれして回してたから、お洒落せんかったらあかん気いになってしもて。えっ、いま？　あのな、いまロシアの子おが来てるんです。うん。付き添いなんです。と、終わりかけとは言え炎天、この細い身に立ち話を強いるのもためらわれて、いや、あたし夏好きやねんで。こう見えてけっこうつよいん。や、じゃあこのカモミールティーください。あったかいので。

大阪の大学の日本史学科の博士課程に在籍していて中世の寺社勢力について研究していること、テクノDJとして楽曲制作もしていること、親と喧嘩して生活費と学費を稼ぐために北新地の、いわゆる踊らんほうのクラブや、クラブで働いてクラブで回してんねん、あはは、で働いていることを聞いて、うちけっこう社長さんとかお偉いさんくるんですわ、だから髪切ったらあかんあまり明るくしたらあかん、めっちゃうるそうて。でももうやめるから、切ってしもたんですわ。みじかいほうが、すきやし。わ、わ、はじめて逢うたときあたしカラコンもしてたやんか、いまめっちゃくろめ小さいやろ、いややあ、三白眼やあ、といかにも可笑しそうにはずかしそうに身を折って、また仔猫がむずかるように、細い両肩をみずからひしと抱いてくしゃくゃと笑って、ほら、目え小さいやろ、今日は何もいれてへん、と、ちょうどあかんべえをするような形をつくってみせると、見詰めてもみつめても何の、微量の痛みもくるしさも感じさせない、一点のくもりもなく澄んで、唐茶いろのゼリーのような真円の瞳がおもてを濡らし、ふるふる慄えて、こちらの視線を飲んで、のんで、みるみる漆黒の瞳孔がまるく膨らむと、一筋の銀のようなつめたい光がさしてくる。なんや、めっちゃ人の目えみるひとなんですね。あかん、てれてしまうわ。あ、ロシアゆうのはね、彩は縁があってロシアのモスクワ郊外で開催された大きな野外パーティに呼ばれて回したことが幾度かあり、そのときに知り合いになった彼の地の知る人ぞ知るテクノ、といえばいいのかエクスペリメンタルといえばいいのかダブといえばいいのか、とにかく鬼才と呼ばれるアーティストが来日することになり、ロシア語の通訳が付かないと聞くと急にならばアヤを呼んで欲しいと言い出して、というわけで今日はその子の付き添いやねん。あたしロシア語あんまできへんし、その子おも英語かたことやし、なんや呼ばれた意味わからんねんけどな、まあ東京ただで来れるからええかあ、おもたら、知った顔が歩いてるからびっくりしたわあ。何やったらゲスト取りますから、今夜のパーティきてください。と、ふっと冷えたグラスがかいた汗を、手元のお絞りでふいている自分にきづいて、うわっいやや、職業病やあ、と眉根をよせて、心底こまった風情で、つぶやく。なにわらってはりますのん、わらいごとちゃうで。ん、高校は京都で、大学から今まで大阪で、実家はずっと奈良の南のほうです。博論かかなあかんし、楽曲もつくりたいし、まあ、いったん奈良の実家に引っ込もうかなあいう感じですわ。三輪山って知ってはります。むかあしからある神社なんやけど、そこの近く。うち、むかしからのその神社の氏子なんですわ。なんや、天武天皇から名字をもろたとか言い伝えがあって。でもまあ、文献にも載ってないことないし、あながち嘘でもないやろなあって。えっ。うーん、自分のルーツ掘るのに熱中する歴史家って、だいたい二流やねん。ほんまに。だからしないようにしてます。しなければ一流かゆうと、そんなこと、ないねんけどな。あっ、はい、携帯のばんごうですか。これに入れればええんやんな。ほら、はい、鳴らしますよぉ。

27インチフラットパネルディスプレイの冷光のなかで、彩は今日も大きなおおきな花笑みを咲かせてみせる。なんなん、なんなん、なんでわろてるのん。へんなかっこうや、ぉもてるでしょう。えっ、あかん。すっぴんかくしだから、とるのいや。いややあって、もう、なんや、透明であかいフレームの眼鏡をかけて、みるからに夏の素肌にこころよい、やわらかくざっくりとした、こまかい赤のギンガムチェックのキャミソールワンピース一枚だけつけて、湯あがりだという濡れ髪がかぐろくて、や、肩とか鎖骨はな、ほめられんねん。そこは見せとかな。他に見せるもんもないしな、と謙遜なのか尊大なのかわからぬ茶目を歌うようにいって、少年めいたあどけなさを出すほどに、愛らしいような薄い一枚布ごしに、あたたかいそのからだの、香草めいた甘いにおいが濃くなり、デジタル回線から伝わって来て、もうこんな中学生のときから着てる服のことはどうでもええねん、はあい、かんぱあい、おつかれっすー、何度目になるか、ディスプレイ越しにビールの缶を打ち合わせるのだった。にひひ、ヴェジタリアンが禁欲的やおもたらあかんで。お酒はみんなやさいですうー。やさいさいこうー。なぜ、このひとは、こうも大きく、おしみなく、笑えるのだろう。大阪と東京にはなれて、幾たびもお互いの姿を、ディスプレイにうつして、とりとめもない長話をしてきた。その安定した上機嫌と、博識と、ほのか朗とひくい、飴をふくんだような舌たらずのあまい声と、あらわれるたびにくるくるかわる装いと、うん、せや、うわばみやで。お酒のへびの神様の氏子やもん。いっくらでものめますう。ありがたいわぁ。そこばっかりは生まれが自慢やわ。えっへへ。「この神酒《みき》は　わが神酒ならず　倭成《やまとな》す　大物主の　醸《か》みし神酒　いくひさいくひさ」って日本書紀にあんねん。あんまりかわれへんって、せやで。いつも酔ってるみたいなもんやからね。このあいだは、仕事帰りそのままという、くっきりと紅いくちびるをほのひからせて、ひとまわり大きく、うす紫いろに拵えた瞳が茫と何もみていないまなざしでゆらめいて、長くて濃いつけまつげと瞳と同じいろでふちどったアイメイクのまま、やはり鋭角に折れている肩をむきだし、ひらひらした、嵩がたっぷりとあるティアドロップの漆黒のドレス姿で、さっきもろた、という白ワインをひと瓶、小一時間ほどで呑み干してしまった、その次は、まって、まって、いまもうすぐ部屋つきますわ、いまパソコンつけるから、まって、とスマートフォン越しに声を弾ませると、紺の大ぶりのバケットハットに男物かとみまがう真白いTシャツをざっくりかぶり、みると裾のあたりにこれも紺のワンポイントがついていて、その下は濃紺のデニムのホットパンツの丈がひどくみじかく、やはり太ももにたまご大の赤あざがういていて、や、すっぴんちゃうよこれ、これでももう、めっちゃ塗ってるでえ、もう、そんなんじゃだまされますよう、あかんわあ、ほどの薄くみえる化粧がひどくわかくみえて、なんや、十代に見えるってそれ、ほめとん。と、水色と赤でくっきり割られた色合いの、スポーツブランドのデイパックを部屋のすみにぽんと放り投げ、た瞬間、ぱっと目を見ひらいて心底おどろいた顔をして、唐茶色にふるふる慄える瞳をあらい画像越しにはっきりみせて、どんな大事があったかといぶかしませると、うわうちお酒ない、すいませんいまからコンビニでこうてきてええですか、などというのだった。がさがさとビニール袋の音を立てながらかんぱあい、やあ、きょうはえらかったわあ、東京も暑かったらしいやんなあ、淡あわとした水いろにぬられた爪先を立ててバケットハットも放ってしまうと、鎖骨から喉、頤《おとがい》にかけてぜんたいひわやかだがどこか勁い、ごく薄《うつす》りと灼けた肌の線をだして、一気にのみほす、喉をころころとならしてみせるのだった。たのしそうに、くるっとしたなつっこい目をさらにくるくるさせながら、笑う、じつにじつによく喋る。のに、うるさくない。かすか含羞《はにか》みをふくんで、すこし低い、夏の夜来の雨風のようにしっとりしめった声があまく、きびきびと闊達にはなすのに、いつも平たい飴をくちにふくんで舌でかえしながら話しているような、おっとりと柔かいのろさがある。あざ。あざなあ、これ、うん、聞いてくれたほうがたすかります。これな、いちおう難病やあゆうことになっていて、とくはつせいけっしょうばんげんしょうせいしはんびょうといいます。うん、ITPって略すん。理由はわかってへんねんけど、自分に対する抗体ができて、血小板がすくななってしまうの。だから、血がとまれへん。あざもようけできんねん。ちょうど二年くらい前からやな。えっ、しなんよ。しなんしなん、死ぬような病気とちゃうんです。薬もあるし、いざとなったら脾臓摘出手術するひともおるらしいけど、それは子ども産むときとかかなあ。まあ、博論書いてから考えます。いまはだいじょうぶです。生理のときはたいへんやで、血まみれやから、ピルのんでるし。あはは、でもこんな、あざおんなやんか。うちらつきおうたら、DVする男やあおもわれるかもしれへんでえ。ん。なんや顔とか以外はもうどおでもええわ、めんどうやから、よう隠さへんし。うん、そら会いたいよ。うん。えっ明日。ゆうたやん。明日はあいてるけど。ほんま。ええけど、おそなるよ。えっ。えっうれしいよ。うれしいけど。

どうかしている。が、どうかしていて、良い。十九時半東京駅発のぞみ一二七号に乗り込むと、二二時六分には新大阪駅に着いた。中央改札をぬけると、ひとつ身一色撫子いろ、赤味よりも白味がつよい花やかなサマーセットアップで、色味がひっきりなしに出してくるつよめのあまさと、腰高のパンツスタイルのハンサムなりりしさがきっかり等分にせめぎあい、クロップドトップスからはきりっと尖った肩と、うっすらふたすじ、腹筋がうい ている腹をみせていて、今日は臍のよこに親指で拇印をついたような赤あざがでている、そして、髪の毛が目にまぶしい、黄金《きん》いろだった。当然のようにひたりと身を寄せて腕を回し、だきしめあっておたがいのからだのぬくみをひとしきり確かめてから、ふっと離れると撫子が消し飛ぶひまわりめいた大輪の笑みで、みんといて。もう。いったいどうやってこれつけたんやろな、このあざはアクロバットやで。この服かりるのん予約しといたからキャンセルもどうかとおもって、こまったんやけどな。うん、うん、今日でおしまい。おわりやおもてたから、金髪にしたってん。ほしたらな、最後にあいさつはせなあかんゆわれて、あややん最後やあゆうて、みんなちやほやしてくれたわあ。ぱつきんはびっくりしてたけどな。えっ、引っ越しもするよぉ。部屋からはもう荷物、実家におくってん。な。な。なんや、だっこすきやなあ。いがいとなんや、あまえっこやなあ。ほら、と目をとじもせず、人目など気にならぬといったきょとんとした顔で、そのままこちらの下唇を、服よりもほのかに紅いくちびるで、いっしゅん吸い、はい、ごはんいくで。おなかすいたあ。と、手をひいていく。ごめんな、あたし、ムードないねん。なあ。こまったおんなやろ。などと言うわりには、ママにおさえてもろてん、かんと炊きゆうて、おでんが夏でもたべれるのは大阪のええとこや、ベジにはありがたいねん、ゆうて、ふっと、ばらした銀杏の実の串の、まんまるい粒を箸で精確に、一瞬でつまむと、ほらほら、あーん、とこちらの口もとにもってきて自分がたべるつもりが、なんやあ、うわっ食べたあ、このひとまじかあ、ほんまにたべるなあ、あほお、とにわかに真っ赤になって、はずかしがる。と、ひとしきり困り眉をよせていたのに、ふいっと大声を、あ、獺祭の大吟醸もう一本くださあい、えへへ、水みたいやな。あんな、あんな、新潟の鶴齢ってゆうめいなお酒があんねん。しらんのん、あんねんって。で、そこが雪男おってお酒をだしてなあ、それがほんま水みたいでおいしいん。吉田健一がゆうてるやんか、いい酒は水みたい、いい料理は菓子みたい、いい菓子は料理みたい、って。ほんまやな、ってえっ、あるんですか、雪男あるのん。ほんま。ほんまにほんまなん。えっ。えっそれもください。うわーうれしいわあ。もう今日はうれしいし、のみますう。だしてもろて、ほんまありがとうございます。さあ、のむでえ。つきおうて。つきおうて。な。

あんまり、あややんよばれたないなあ。あやでええよ。と、タクシーの後部座席で、耳たぶに口くちびるをひっそりつけながら、しずかに、囁く。どうやら、途中で終電がなくなってしまったらしく、部屋まで車をひろうながれになって、もう、おのれがどこにいるのかさだかではなかった。ここはどこで、どうしてここにいるのか、すこしわからないようになって、しかしかぐろい闇のなかをゆく。

間接照明とはいえ、かなりあかるい。のに、一挙動でベッドから身をおこし、一糸まとわぬ真はだかのまま、こちらをむいて、すっくりと立つ、と、そのまま2リットルのペットボトルの水に口をつけて、喉を鳴らして飲む。目の前に、うすい体毛が、燃えあがる炎のかたちをつくっている。ふうっと見下げるかたちになって、あざ、いくつある。せなかのほう、わかれへんねん。と、貝殻骨の影があざやかすぎるほどの背中をこちらにみせて、かぞえさせる。肩にひとつ、腰にひとつ、尻にふたつ、太ももにひとつ、股のうしろにひとつ、そして臍にひとつ。ひとつひとつ、口づけていく。

部屋を出る。椀をかぶせたような、ひとぬり底の底までかぐろかった夜中の闇が、どこか割れて、とけている。朝はまだこない、しかし空はかすかにみじろぐ。慄える。鋼青の壮麗がいみじい。ほそい月が蹇《ちぢ》まる。藍鼠のぬるい天球の素肌に、狂《あざ》りをふくむ笑みのような伏し目のような形の、真しろい切り込みをつくる。なら、この天球の膜いちまいの彼方には、この目を潰す冷朗としたひかりが汪溢しているか。彼岸があるか。他の世界が。そこには永久《とこしなえ》に九旬の夏をもろともに失った、失い果てた、月白《げっぱく》の冷光が満ちているか。不意にながれ来るちりぢりに疎《まば》らな雲が月にかかり、きれぎれ光を浴びて凍《し》み氷《こお》る。白銀の月の座をつかの間しつらえ、そのまま素晴らしい疾さでかけていく。また灰青じみて溶けていく。ゆるゆる弛《たゆ》んだ電線のかげがくろぐろ裁つ、この空を横切って。のど、かわいたやろ。冷蔵庫もおくってしもたし、コンビニいこか。な。と呟いて、白のスリップいちまいに紺のスウェットのカーディガンを羽織り、コルクのフラットベッドのサンダルをつっかけると、それだけで歩き出した彩の翳が、夜のなかでなお昏く、くらく切る輪郭の、ふとした細りを隣に感じていた。同じように月を視ていることも感じていた。あるいたなあ、こうして。そうだな。何時の話か判らなかった。誰の話をされているのかも訝しかった。つややかに熱《ほとお》り、不意につめたい、その肌の感触がまだこの身にのこっている。

すこしずつ、空が明るむ。つれて知らぬ郊外の、街がにおう。遠い、とおい筈の岸辺から、不意の潮風がにおう。あるいはこの二つ身からか、在処も定かならぬゆかしい生ぐさが、におう。まだ数少なな排気がまざって、またにおう。機械油のべったりと蒸れた香りとアスファルトのすげない熱《いき》れが、空からふりくだる、晩夏の朝の兆しにほどけていく。流れ、辻を折れるたびにまた止まる微風がすこしずつ熱を孕んで、またおびただしい放心を誘う夏の、さいごの炎天が来る。来るだろう。来た、それは最初に差す光の幾筋となる。

まぶしい。つかの間、金の液体が東空に満ちてはてなくひかり、そこからあどけないまでに深い菫いろになり濃藍に染って西に墜ちるまで、刻々と無限の階調をうつしていく空が、二度とは来ない、仄あかる味をいっぱいに張り詰めさせながら魚眼の丸みをつくった。そのまるみの下、地のものたちもこまやかにくねり折れる曲線を描いて撓《たわ》み、郊外の朝の、すすぼけた佳景をひらいた。上空は朝風が切りなくつよく、次々に黒雲青雲そして茜雲をちりぢりに吹きちぎって、あらぬ方へ一斉に靡《なび》かせる。その目に映える疾さがおそろしく、また清《すが》やかなのに、この二つ身には風がふれてこない。少しずつ、またすこしずつじりじりと朝日に灼かれ、僅かずつ汗ばみ、ほのぬれ、肌をかすかずつねとかせながら、凝然と、じっと、空を視ている。彩の、横顔だけ翳になって見えず、存外に長い歩みのなかでも崩さぬ嫋《たお》やかで敏捷な身ごなしだけが残って、不意に斬るように声にする。きょう、しごとやろ。とうきょう、かえったほうがええで。光がさす。髪が、そしてこちらをみない瞳が燃え上がった。黄金《きん》にひかる。

夏が、終わろうとしている。

大和路の秋ぞらはいろうすい。ひどく長かった夏の、僅かな名残の、最後のひかりがおとろえていく、その白熱にひとしずく、天球大の水槽にインクを落としたように黄味がまじると、ひとすじ対流しながら、蜜のあまさが大気にひろがって薄まり、ほのかに朽ち、くさり、染まる、葉の香になり、ふと流れくる微風になって、思いもかけないゆたかに澄んだその味の、芯にわずかな薄荷《ミント》がまぎれてくる。吸う息も、吐く息も、ふかくすくよかになって、なのに、空はあんまり高く、目映さのあまりわれらを隅へすみへと追い詰めたあの夏の黝《あおぐろ》さをいっせつ片かげもなくして、淡く、あわく、白藍のようになりまさって、そのうすさは空気のうすさ、ぴったりくまなくその色にそめられて息つまり、むなぐるしくなり、そのおもてに二上山の影がきる、その地平にまで遙かにうちつづき果てしなくはてしなく犇《ひし》めきあう鱗のかたちは陽にかがやいて、きりきりきりきり鋁《アルミ》にひかる巻積雲がむごく、ほんだらなあ、いこか。ほら、ぽやあっとしとると、さめてまうから、はよよばれてまい。夜の雨風のようにしめって、ほのあまく、舌たらずなような声が耳にしのびいって、それをするする、のんで、しまって、ふれた気をもどすまで、あのなつっこい唐茶の瞳をまたくるっとひとめぐりさせる彩のとなりでほうけている。茶を啜るその場処は、美由と泊まったあの宿の、隣だ。

うれしいなあ。あたしも、ゆうてもひさしぶりやから。紅葉の室生寺の釈迦如来立像より十一面観音像より、やっぱりこの如意輪観音さんが好きやねん、色っぽいけどなんや、しいんと、つめたいやろ、そこがええねんな。長谷寺の本堂前の舞台からはるかに、しばし眺めくらして、なんかこう、ここはようできたテーマパークみたいで、あるいてたのしいやんか、これって見るもんはないねんけど、歩いてるとむっちゃあがってくるわあ、ゆうて、聖林寺の十一面観音このひといちばんすき、いちばんすき、ザ仏像やあ、と、その仏像とおなじいろの髪をひからせて身を寄せ、こちらの耳朶にくちびるがかすかにふれるくらいになりながら、あの口の中に飴をふくんだようにおっとりひくい囁き声でそのまま、金堂の静謐をかすかにもくずすことなく、花笑みを咲かせて、燥《はしや》ぐ。安倍文殊院の住職さん、うちのおかんの同級生なんよ、やあやあ、こんちはあ、と挨拶してすたすたあがっていって、ほらうちの近所の快慶さんやあ、どやあ、などところころ笑ってみせる。これにかとうとおもたらな、最低でもベルリーニくらいつれてきいへんと、無理やで。その渡海文殊の、ひとめでふれてくる荘厳なけぎよさと、目をこらすたびに戦《おのの》かせる、老獪なまでの技巧の、すべてのみごとさに打たれていると、見たことのない目をまるくして、なに、なに、どうしたん、手をあわせたりせえへんひとかとおもってた、といわれてはじめて、みずからの合掌に気づいた。尊かった。案内するこの女人《ひと》も、なにもかもが。快慶さんすきなん。そうやろなあ。すきなるわなあ。なら京都の醍醐寺か、千本釈迦堂や。こんどいっしょにいこ。な。と、遠距離は、じつは、うーん、むつかしいほうやねん。こうみえてさみしがりやから、と洩らすので、休みをとって彩の実家を訪ねることにして、宇陀市の駅から車を拾って十数分はいかなくてはならない一軒家に、ぐわあ、ミシュラン一つ星三年連続ってなんなん、あたしが大阪いってるうちに断りもなくなんでこんな店できとん、しかも完全菜食《ヴィーガン》やん、とぼやくほどの蕎麦と精進料理を出す店で、まるでべたつきがないものの喰いかたで、なんでも汁のように呑みくだしてしまうついでに、吟醸をひとりできっかり五合はこの世から跡形もなくけしてみせて、くったくったあ、のんだあ、ん、菜食は主義とかちゃうで。一年半くらい前かなあ、ためしにおにくとかお魚やめてみたら、びょうき、調子ええねん。夜ごと、実家の離れで風呂上がり、尖った肩をむきだし、あか痣も透かす、しどけないようなうすもの一枚で、いや、まって、と鏡の前を向いて、もう一度丁寧に顔をつくってみせるのだった。唐茶の瞳が、ゼリーのようにぬれぬれて慄えている。はい、できたで。ほら。

ふせいしゅっけつこわいから、いらん。そのままでええよ。そっちの病気は、もってへんし。たちあがるたびに、ひとすじ、薄っすら灼けた太ももへ、あふれた雫をしたたらす。三泊目の夜、ぺったりとした、ぬるい、おのれの体液のにおいを相手の身おもてからわずかずつ吸い、合いながら、彩の選んだ曲をきいているつかのま、家の庭からも見えるあの山に行きたいと告げると、すこし、ものうい顔になった。そんな、おもしろいところでも、ないよお。なんもないで。でもまあ、他にもう見るとこゆうたら、あそこしかないん、かなあ。不意に凝然《じっ》と、耳を澄ます顔になる。せや、あした新嘗祭《にいなめさい》かあ。すうっと、くちをあける。何もみていない、くもらわしい目になって、なにもかもを澄ませている。ふと細い頤《おとがい》をあげると、口蓋のなかの、血の透いている肉紅の闇のなかで、舌がひかる。くっきりと小さくそろった歯のつぶの一列が、あおくひかる、犬歯の先が、ぬれぬれてひかる。煮えくりかえった銅の汁のいろに髪の毛をかがやかす。いたずらな明眸皓歯が、旧《ふ》り果てて皺いちめん、老婆のようになり、また和菓子のおもてのようにももいろ、くすんだ金のうぶげの赤子のようになって、うん、ええよ。いこか。ぺったり女座りにすわったまま、まるで自分のこの身がいきていることを気味悪がる、かのように、うち肘の痣を合わせるように尖らせて、身体をゆらり、ゆらり、くねらせてから、言った。呼ばれてるのかも、しれんし。な。そのましばしだまりこむと、きっと睨《ね》めあげる目になって、かた頰だけで笑い、すこし酒精でなまぐさい、舌を、おしこんでくる。

一の鳥居は遠回りになる、というので、三輪駅からの小路を行く。三輪明神と大書された標識には「神の恵みと祖先の恩とに感謝しましょう」とあって、ななめに一瞥をくれてその横をすりぬけていく、短髪の黄金《きん》がひかっている。かげりがちな細い路地になって、すすぼけた背が低い民家の庇のかげが、両からせまって狭くする空のいろうすさを、ひゅんひゅん弛み撓ってはしるいくすじもいくすじもの電線が縦に切り、割っていて、あか錆びが浮いた鎧戸《シャッター》が降り、幾歳月陽にやかれて粉ふくようにざらつき、しらっちゃけた亜鉛板《トタン》の屋根の下に、自動販売機だけ、まあたらしいのが、かえっていなか町の索漠をだしていた。ねとついたガムテープのあとが幾重にもついた硝子戸には稚児さん募集とあって、ややいくと神具を商う店と、その店が「特製販売」しているという三輪素麺の看板がうちならんで、数軒向こうになる別の神具店も三輪素麺地方発送承りますとこれは赤字がきえかけていて、そのあいだには「占　パワーストーン」の黄色の看板、「なた茶豆あります」との張り紙もあたらしく、すいすいとそのなかを行く彩のうしろすがたが、金いろ、あかん、このへんじゃまるっきりうちの髪ヤンキーやんか、彩ちゃん不良になってかえってきたあ、大阪はやっぱりとかいやあ、ゆうてな、となりのおばちゃんとかさわいどんねん、あかん、とぶつくさ言うのが可笑しく、なにわろてんのん、わらいごと、わらいごとやなあ。わらいごとやんか。とくすくす笑い出すのだった。朝まだき、人影がうすい。細身の、いろ濃いデニムの足がすんなりながく伸びて、しみのように痣がうすづきについた踝《くるぶし》をみえるまでロールアップした裾の裏地が薄紅梅いろ、ましろい花の柄がちらばい、その先に真っ白に黒の差し色のスニーカーはプーマ・クライドの、さらっぴんやねん、ええやろ、を履き熟《こな》して、黒一色、襟ぐりがふかいタンクトップですっくりだした喉から胸元にかけて、ひとすじ髪のいろとおなじくひかる細い鎖を垂らすと、これも青赤桃白にこまかい小花柄《リバティ》の裏地が頭巾《フード》からみえる、つつじ色が映えるパーカの、洗い加工が凝っていて肩あたりが脱色したようにほの照るのをざっくり羽織って、こちらをしばし待つと、そのまますると寄って、来て、左手に指をからめ、手をつないでくる。右に折れて参道に入り、「乾アロエ本舗」の看板をこんなものがあったのかと訝しくみあげながら桜井線の踏切をわたる。道路保安具《ロードコーン》の蛍光赤橙いろの円錐と、オレンジに黒の縞模様、立てかけるステンレス製A型バリケードが左側に延々とつづいて、あたりを雑駁とさせながら、その向うの並木を区切っていた。ほのかに、紅葉している。ん。三輪山は、紅葉するよお。ほら、むこう。あのへんも、黄色いやろ。萬葉集にもあるやんか、長屋王の歌が。「味酒《うまさけ》三輪の祝《はふり》の　山照らす　秋の黄葉《もみぢ》の　散らまく惜しも」ゆうて。ええうたやんな。とはってもな、平安の中頃に列島の植生が変わった可能性があんねん。うん。あめがおおい亜熱帯から分布してる照葉樹林、日本やと主に椎とか樫、楠とか椿やな。それが平安ごろに後退する。平城京も平安京も、照葉樹林がうっそうとしげってたんやで、それまでは。でもその時代でも紅葉する落葉広葉樹林はこのへんにもあったんちゃうか。なるほど木々のみどりが見えてくる。「三輪素麺組合」の柱看板の向うに、これは最近植えられたと見える松の若木がいちれつしげっていて、そのさらに向うには観光客のものか住民のものかわからない自動車がならんでいる。と、「自動車お祓い所↑」という大看板があらわれ、聞いても、まあ日本書紀に四道将軍を派遣したあ記事が、ないことはないなあ、とうすらに口元だけ笑ってみせるだけで、まだまだあいてますよ、えっ、そちらにまだついていないんですか、奈良弁の響きをおしころしきれない大声の先に、還暦は過ぎてはいない歳か、肌やけた固太りの警備員すがたにダンロップのスニーカーという恰好の、男の、迷惑そうな顔があった。そのすぐ隣の巨大な柱石に「大神《おおみわ》神社」と彫り込まれ、ならんで「桜井駅行バス時刻表」の赤字がめだつ白の鉄看板、その少し奥、屋根つきのふるめかしい檜皮《ひわだ》いろの板に麗々しくしろく「幽玄」と大書されている。その隣が、二の鳥居だ。老夫婦がふかぶか頭をさげていた。くるり背中を向け、警備員はまだなにごとか話している。花鎮めのまつり、京都の今宮さんでやるやすらひ祭やな。あれの原型がここでやる鎮花祭や。春の花がちるやろ。あの散るときにな、ちるにつれて疫神、分散して病を流行らせるという考え方は古代からあったらしく、その花を鎮める祭の起源がここだと言う。まあ、なんやここの大物主さんは祟り神やからなあ。記紀にも書いてあんねんけど、疫病はやらして祟神天皇さんしばくんよ。だからまあ、鎮めるんやな。ああ、お伊勢さんみたい、神々しいなあ、と、先ほどの老夫婦がくちぐち言い合う声がして、見るとみどり、千歳緑というのか、濃い味をだして両からおしつつむ森から日漏れて、うちつづく、灰いろというより紺鼠の青みをだして細石《さざれ》敷いた道にひかりを滴らせている。けぎよい。美由と歩いたあの時のままだ。御手洗橋をわたって灯籠の列がひだりでとぎれると、そこに小さな社、末社祓戸神社とあって諸々の罪穢れを祓う四柱の神をまつる、心身ともに清浄になるためにまずこの神社に参るむね高札があげてあって、しかしいつのまにか手をはなした彩はパーカのポケットに両手をいれたまま顧みもせず、うっそりと、しずかな無表情で拝殿のほう、否その彼方を見る目をして、行ってしまう。夫婦岩にも一瞥もくれない。ゆっくり、ゆっくり、距離をはかるようにして、息をふかめて、あるいていく。手水舎も、一顧だにしない。ステンレスの銀びかる手すりの階段を登り、注連柱《しめばしら》をくぐると拝殿で、あのときのまま、茅葺き屋根は青朽葉いろに映えて、老いた杉の巨樹の枝がふさやかに張るそのかげを、すこしだけにじませながら、地を這うものにはついに読み解くことができぬ文様のようにちらして、好きかしらんけど、三島由紀夫っているやん。作家の。あのひと、『奔馬』の取材にここ来たんやって。三泊も参籠して、三枝祭の取材とかもしたらしよ。さっかさんて、ひまやなあ。なんもないのんのに。これ。そんな、ふるないよ。十七世紀って、そのへんに、かいてないん。まあ、だいたいそんなもんやで。伊勢神宮すら応仁の乱あたりから百二十年間以上、ほっぽとかれて荒れ放題だったんやから。内宮なんて正殿がなかったまんま放置されとってん。外宮もそうだったゆう説もある。秀吉さんが世話してくれるまでな。三輪の拝殿なんて十七世紀に、四代将軍家綱がつごうしてくれへんかったらどうなってたんやろなあ。ほいで、そのあと一九五三年から十年がかりで昭和の大造営ゆうて建て増ししてます。そのまえは、史料として確実なのは十四世紀はじめの造営になるんかな。そのまえあったか、そのあと何度なくなったか、それはわからん。と、拝殿の真正面にたっても柏手を打つつもりはないようで、ただただしんしんと、拝殿の彼方、ちょうど禁足地のほうへなのか、目も耳も、その花車《きやしや》にみえるからだのすべてを、澄ましている。唐茶のゼリーのようにぬれぬれて慄えるひとみをうかべた双眸をみひらいて、ふっと目を閉じて、ながい睫毛を下瞼にくっきりと映えさせる。香草のようなあまいにおいを、からだの底から、ひっきりなしにたてている。ふうっと口をあけて、白磁のような犬歯をひからせる。笑っている。ひだりしたの犬歯に、場違いなくらいにももいろの舌の肉をおしつけて、そのまま、凝然としている。何を感じているか、と瞬間、音がでるかとおもうくらい目をぱっちりとあけて、月白の眼球に、唐茶のひとみをぬるりとおろしてくる。すうっとすぼまるようになり、こちらをみる。かぐろい瞳孔が、みるみるふえる。いこか。と急によってきて、腕をとる。肩に頭をのせて、押すようにする。こっちや。巳の御杉に背を向けて、御守り御札の授与所のおみくじ二〇〇円御祈禱受付中とある看板の横を抜けていく。狭山神社に向かう道すがら、農林産物品評会と大きな幟が立っていて、ひろい細石しきつめた広場に、長方形のテントをはりめぐらし、奈良野菜の、名もわからないようなめずらしいものの、陳列の準備をしている。明日新嘗祭にあわせて行われる、とある。子どもの頭大ほどもふくらんだまるまるとした蕪《かぶ》が、男の肘からさきほどもある葉をふさやかにはやしていて、それが五十ほども並べられている。りっぱなかぶらやなあ。新嘗祭なんておいしいもんまつりやで。このかぶ、ほしい。明日おかんとまたくるわあ。うちのおかん野菜ばっかりやからゆうてようきいひん。干物とか好きやから、そんなんもおいてくれはったらええのになあ。へ。なまぐさちゃうよ。なにゆうてんねんなこのひと。冗談ゆうてはる。ん。えっ、神道ではお魚はなまぐさちゃうよお。たとえばここの三枝祭の神饌、おそなえするもんのなかに、鯛、腊《かます》って干し肉のことな、堅節《なまぶし》、鰒、烏賊《いか》、香魚《あゆ》、って書いてあるよ。ちうか、ほとんどの祝詞でおんなじにとなえるやんか、「青海《あおみ》の原に住む物は鰭《はた》の広物《ひろもの》鰭の狭物《さもの》」を、「称《たた》へ辞竟《ごとを》へ奉《まつ》らむ」う、て。いろんなものとならべて、ひれの広い魚もせまい魚もお称えする言葉をつくしてささげましょう、ゆうて。これはあれや、天照大神さんが月夜見尊さんにめいれいすんの、あるやん。葦原中国に保食神《うけもちのかみ》ゆうのがおるから見てこいって。すると保食神さんは口からごはん出したり「鰭広鰭狭《はたのひろものはたのさもの》」出したり「毛麤毛柔《けのあらものけのにこもの》」出したりてお迎えすんねん。けのあらものにこものゆうのは、おにく。うけもちさんは、いちばん根源的な豊穣の神さん、おいしいもん神さまいうことになるわな。ほしたらな、月夜見さん、むっちゃ怒りはって保食神ころしてしまうん。口から出したものきたないゆうて。まあそれはものを食べるいうことはものを殺すいうことやから、月夜見尊はんが農業神やゆうことではあるねんけどな。もっとさいきんなら、桓武天皇は鷹狩だい好きで宮殿の神事するところで鷹にじぶんの手えで肉食わせてるからね。自分でもくうてへんわけないやろぉ。狩りするひとが。じっさいむかしは天皇さんも公家さんも、そうやなあ、おもには猪と鹿あやなあ。むっちゃがっつりいってんで。正月とかの神事のときに、です。『延喜式』に書いてありますぅ。いまはどうかしらんけど、伊勢神宮の遷宮式では鶏が犠牲にささげられたいう話もあるよ。なまぐさやあ、厭やあゆぅのは、坊《ぼん》さんやろ。仏教から神道にはいってきた考えや。女性をしたにみる考え方あも、きほんは仏教ゆうことになるんやろなあ。あ、でもこの国は神仏習合おで宗教が平和共存してきたせかいでもまれにみるうつくしいくにぃー、とかあほおなこと言うてはるひとおるけど、ちゃうで。仏教公伝のはじめのん、そがやあー、もののべやあー、だけやのうて、ずっと仏教に対する差別や反発ゆぅのはあんねんて。『続日本紀』にも『皇大神宮儀式帳』にも『長寛勘文』にも仏教排撃の記事あるもん。明治の廃仏毀釈の前でもな、奈良から維新まですうっとあるわ。お坊さんの恰好したひとは最近まで伊勢神宮いれてもらえへんかったしな。芭蕉はんも、やで。このお山あもわりとそのへんは調子ええねん。鎌倉時代には三輪神道やあゆうて、三輪大明神は天照大神と大日如来と一体で、真言密教の理屈によるとこの習合は金剛界と胎蔵界にあれしてやなあー、とかやっといてな、明治になると廃仏毀釈やあゆうて平等寺以外のお寺はこわしてしまうし、あの聖林寺のザ仏像はんもにがさなあかんくなってしまうしな。あ、へんなこと思い出した。明治五年にな、白装束の男、じゅうにんやったかな、が直訴したいゆうて皇居に押し入ろうとすんねん。刀抜いて、門こわしても入ろうとする。仕方ないから四人銃殺して、残りは捕まえんねん。ほしたらな、神道の神懸かりの行者やってん。神の加護があるから弾もあたらないし刀もはいらへんー信じてたんやて。こわ。肉食が流行して土地がけがれて、西洋人となかよくして、けしからんから「玉体へ迫」るゆうて。明治天皇さん宮廷で肉くうてたからなあ。ま、おかしなひとたちやわ。ほんまは神道のこと、なあんにもしらんのんよ。するり、するり、まばらな人影をすりぬけながら、やまとやさい、これは宇陀金ごんぼう、これは片平あかね、と指さして、すらすらと歌うように言う。芯がほのしめって、おっとりとあまい声で、うるささがない。話すというよりも、となえている。まがまがしいような故事を。

三輪山への唯一の参道がひらけていた、摂社の狭山神社への道をいく。細石の道にステンレスの手摺、そしてコンクリートを丸太のかたちにして、階段のようにしている。ほら、少彦名命《すくなびこなのみこと》さんや、と、またちいさな岩に柵と注連縄をめぐらせただけの社にむかって言う。が、たちどまらない。狭山神社の鳥居をくぐると、左手にまた赤い鳥居が見えるのだが、見もしない。あれは、市杵島姫命さんやな。それだけ言うと、ふっとまた腕をはなして、小走りになって階段をかけあげり、もう一度注連柱の真下にくると、半ば振り返ってこちらを待つ。急に日がかげり、逆光かのようになって、顔がみえず、ただ太い注連縄とおなじい色の彩の影の輪郭が、なにか細る。待っといて。苔むした拝殿の屋根を見て待っていると、鈴がついた欅を持ってくる。はい、おごり。登拝料ひとり三百円やで。と笑う。と、声がかかって、欅、欅がけにしないで下さい、と言う。振り返ると神職の装いの、眼鏡の男が険しい顔をしていた。えへへ。すごいな、欅を欅がけにするな、って、しょうげきのにほんごやな。でもなんか、首にかけなあかんねやて。ここ。からからと鈴の音をさせてこちらの左手首をつかみ、登拝口の前の高札にみちびく。ほら、よく、よんどき。

## 「神体山」登拝者へお願い

この三輪山は　大神神社の御祭神・大物主大神さまの御神霊がお鎮まりになる神体山です。千古斧を入れない神奈備山は　神聖な山　信仰の山として仰望されております。神さまは「清浄を欲す」といわれますように　常に不浄を忌み嫌います。

因って登拝は　お互いに　お山を汚さないよう　穢さないよう　ご協力をお願いします。
若し　登拝中に　ゴミが生じた場合　また見つけた場合には　速やかに持ち帰るよう　お願いします。
登拝は　左記により受付ます　併せて　次の事項を厳守願います。

## 登拝申し込み要領

1　登拝は　社務所で　住所・氏名・電話番号をお申し出下さい
2　入山初穂料　一人・参百円お納め下さい
3　入山受付時間　午前九時より午後二時まで
4　下山終了時間　午後四時までに　登拝口にお戻り下さい
5　下山時は　社務所へ声をかけ　襷をお返し下さい
注意　山内には　御手洗いはありません

## 厳守事項

一、申し込み時「三輪山参拝証」の襷を受け取り　肩に掛けて登拝して下さい
一、山内は　火気厳禁（タバコの火を始め　すべての火の使用を厳禁します）
一、山内は　撮影禁止（カメラ等の持ち込み　撮影は出来ません）
一、山内の磐座等に　お供えした物は　必ずお持ち帰り下さい
一、山内で　お弁当などの飲食はご遠慮願います
一、山内で　草木、キノコ、鳥獣、土石類を採取することは出来ません

注意、左の期日は登拝が出来ません
●正月三日間（一月一・二・三日）
●大祭等祭典日（二月十七日、四月九日、四月十八日、十月二十四日、十一月二十三日）

●天候等諸事情により登拝を中止する場合があります

## 三輪明神　大神神社

な。発掘調査も絶対してはあかんのんやて。なにももってかえってはあかん。写真もあかんねん。神聖不可侵やね。もってかえったらばちあたったあゆうひとも、遠くからきはるひとにはおるらしいん。まあなあ、大正七年にここで山ノ神祭祀遺跡というのが発見されてん。そこが民有地だったゆうのも変なはなしやけど、だから本格的な調査はじまるまで三ヶ月間もほうっとかれてん。ほんだらな、そのあいだにこの辺りの人がいろいろ出土品もってってしもてんな。勾玉とか。まあ、うちのとなりの家にひとつ、あるよお。ちっこいやつ。あ、たのんでみしてもらおか。ん。んー。罰あたったゆうひと、まわりではひとりもおれへんけどなあ。と、細すぎるような両手首をひねり、手を組み合わせると、そのまましぼりあげるように頭上にかざし、うーん、と声をもらして伸びをする。あのくっきりとした形の貝殻骨がふたつ絞りあげられるのが、服ごしにもわかる。さて、いこか。

うち、脚はやいで。と、毛筋ほどの衒《てら》いもなく、丸太をさしわたして階段様にした参道を、ひょいひょいと昇っていってしまう。慌てて後を追うと、突然たちどまり、わあ、なんでこんな赤つちの参道のぼんねんのに、さらのスニーカーおろしてしもたんやろ。雨なんかふるとずくずくなんねやで。もったいないわあ。

時計は九時ぴったりをさしている。なるほど、山に勁《つよ》いようで、一気に道がひろくなって鉄条網がはられた場所まで登り切ってしまう。そのまましばらく、ひらたい道がつづく。道の真ん真ん中に切り株があらわれて、その窪みに落ち葉が溜まっていた。これは、ふるいな。ん。なに。ああな。まず、へびのかみやまやね。この三輪の大物主さんは。龍蛇信仰っていうのはどこにでもあるから。韓国の済州島なんて本場やで、ほんば。で、そのうち人格もって神婚伝承がでてくる。神さんが女の子おとできてしまうゆうはなしやな。大物主さんがでてきはんのは、神代の大国主さんとのからみと、あと崇神天皇さんと雄略天皇さんのとこかな。あと敏達天皇さんとこにちょっとでてくるな。ぜんぶ記紀に書いてあんで。大国主さんはこの国をつくりはったあと、天照大神とか高天原にいた天津神に国をゆずってしまう神様やねん。ほら、歩きながらいこか。なんや、キングオブ国津神さんやな。ほら、古事記の稲羽《いなば》之素菟《のしろうさぎ》の話の、あの出雲の神様や。国を作るときに土地がたりひんくて、みんなでひもでくくって、いろんなところから、半島の新羅からも土地うんとこしょおゆうてひっぱってきたあ国引き神話があるとこ。出雲国風土記に書いたある。ほいでな、その出雲の大国主が、ほらさっきおった少彦名命《すくなびこなのみこと》とこの国をつくっとるときに、少彦名命さんなくなってしまうねん。ん。で、大国主はんがな、誰かうちと一緒にこの国おさめるひとはおらんのん、ゆうと、ぴっかあー光ってじゃじゃーんと、いやわらうとこちゃうで、「時に神《あや》しき光海に照《てら》して、忽然《たちまち》に浮かび来る者有り」ゆうてやってきて、わしがいたからうまくいったんやあ、ゆうねん。んで、日本国の三諸山、つまりここ三輪山やな、に住みたい言いはる。その海から光ってやってきたゆう神様が、ここにいてはる大物主はん。ほら丸太橋、きいつけてや。ほんで、古事記では別の神様やけど、日本書紀では大国主の「幸魂《さきみたま》 奇魂《くしみたま》」ゆうて、つまり同じ神様のひとつのそくめんになるん。出雲国《いずものくにの》造《みやつこの》 神賀詞《かむよごと》にも対応する箇所がある。あとから挿入したとこやあゆう説もあんねんけどな。大国主の和魂《にきみたま》だけ八咫《やた》の鏡にぺったあとりつけて、大物主いって名前つけて、大三輪の神奈備に坐せえ、書いたあるん。記紀とはちゃうなあ。古事記では大物主は大国主を助けにくる別の神さんで、自分から三輪山に祭れゆう。まあ、少彦名命が黄泉《よみ》の国いって帰ってきた姿とも読めばよめんねんけど、それはええわ。日本書紀では大国主の幸魂奇魂で、やはり自分から三輪いきたいゆう。神賀詞では大国主さんの和魂で、大国主さんが八咫の鏡にとりつけて三輪に寄越すん。ん。んーとな、八咫の鏡ゆうのは実は「四六センチくらいの鏡」いう意味やねん。いっぱんめいし。ほんまは固有名詞やないのんよ。それにつけてソフトな部分だけを三輪によこしてん。まあ、どっちにしろ大国主と大物主は同一か、すくなくとも縁は深いわなあ。今度は大ぶりの石を敷いて、階段のかたちをつくる細道になる。こんなん丸太、前あったかいな。息もきらさず、両うでをふわりとひらいて、なにか踊るように昇っていく。赤い杉の木肌に、羊歯のみどりが目立つようになり、入ったばかりなのに、つちと葉の呼吸と頽《ねま》りのにおい、ひそやかな生い育ちと分解のけはいが、ひんやりとこの肌に伝わってきて、あたりはむなさわぐくらいの、古来からの、深山幽谷のしずけさがみちている。じょうもん？　縄文はかんけいないよお。二言目えには縄文じょうもんゆうて澄ましてるひと、学者にも藝術家あさんにもようけおるけども、それは眉唾もんやなあ。縄文なんて、いまのうちらと関係あれへんで。縄文時代にここにひとがすんでおっても、断絶はかならずあんねんて。あんなあ、ここは伊勢神宮よりはふるい。けど、そもそも伊勢神宮がそんなふるないねん。うん。石上《いそのかみ》神社とか宗像大社は古墳時代の前期、三世紀後半か四世紀かなあ、くらいまではいちおうさかのぼれるけど、お伊勢さんは古墳時代のものはほとんどない。飛鳥時代以降、まあ七世紀やな。大神神社はそれよりふるいけど、考古学的にゆうても、せやなあ、四世紀後半から五世紀はじめくらいまでしか、さかのぼれへん。禁足地から発掘されたものを測定しても、やで。これはあんがい、あたらしいねん。ほら、根っことびでてるから、気いつけな。こっからさき、しばらく石畳みたいになるから、らくやで。でもなあ、大神神社をふるくかんがえたいひとゆうのはいつもおってな、そのひとらによると三輪山の範囲はむかしはもっとひろくて、纏向《まきむく》のあたりまで三輪山の神体やったゆうねん。コンパス・アプリか地図アプリか、電波さすがによくないなあ、と言いつつスマートフォンをながめると不意に、まきむくう、と言って指さした方角には、杉木のくらぐらとしたしげりあいと、変にあかい土のおもてしか、みえない。えーと、三輪駅のとなりに巻向《まきむく》駅というのがある。そこはむかし纏向ゆうて、遺跡があります。三輪《ここ》山のまあ、ふもとやな。ヤマト王権の都があったんやろ。その纏向が栄えてたのは三五〇年くらいまでで、そのあとはすっからかんになってしまうねん。うん、二世紀末、卑弥呼のじだいに突然できて、四世紀の中頃にとつぜんきえてしまうん。遷都やな。自然にできた町ちごて、政治的な都市やったんやろ。そのあとは古墳ができてきいへんようになるん。で、三輪山をふるくふるくしたいひとは、この纏向の遺跡も三輪山の一部やあゆうねん。すると二世紀やから、弥生時代にまでさかのぼれるようになるからな。でも、それは無理すじやねん。なぜなら、そうするとすぐ近くにある箸墓古墳ゆうお墓も三輪山の一部やゆうことになる。その範囲にはいってしまうんや。基本、三輪山の内部には古墳はつくれへん。なんや禁忌やったんやろな、不思議なくらいでえへん。だから無理やあゆうて。三輪山の祭祀ができてくんのはな、遷都のあとや。都は、ずっと北の、奈良市の古墳群にうつります。そのあとやから、四世紀の後半くらいになるん。だから、ここらへん人がおらへんようになってから神様の土地になんねん。とおくから、おがんどるん。へ。博識なあ。そんなんちゃうよ。あたし院生やもん、ふつうやわ。あ、そうか、年代がすらすらでてくるから、それでそうかいかぶるんよ。そこはしょくぎょうじょうの訓練、やで。商売やさかい。セミプロちうか、まだ食えへんけどな、こっちでは。と、またころころと笑う。

ほら、これ、なんやとおもう。と、両腕でやっとだきかかえられるくらいの、丸太を輪切りにしたものが、十くらいもうちすてられている。その向うにある、美由が水垢離《みずごり》をしたあの滝に通じる小屋が、三光の滝舎と呼ぶことを、いまはじめて掲示で知った。昭和六十三年に建てられ、平成二十年に改築されたものらしい。と、振り向くとすでに彩は彼方、今度は杭を打って白いロープを差し渡したものが手摺がわりになっている参道の上で、こちらを待っている。そこをぬけると、風雨で薙ぎ倒されたのか、切り口がふぞろいな切り株がいくつも傾《かし》いでいる、荒涼とした景色がひらけていた。ひとつずつ、じめじめと苔むしている。五世紀の後半やったかなあ。三輪山の南側に、都がもどってくんねん。うん、いちおう脇本遺跡ゆうて、ほらゆうめいな雄略天皇さんおるやん、あのひとがすんどった宮殿がそこやねん。泊瀬朝倉宮ゆうて、ほら、大和川の上流って初瀬川ゆうて、桜井駅からうちくるときわたったやんか。あの「はつせ」や。長谷寺の「はせ」でもある。で、そこで戦争が起こる。吉備ゆうたらいまの岡山県やけど、そこの勢力と戦争になります。それがこのへんで起きてる。なんやけっこう攻め込まれとんねんな。ここから十五キロくらいしか離れてへんところに葛城山ゆうのがあるねんけど、そこの葛城氏とも紛争になって、それが葛城山の一言主にびびらされた話になって、記紀にのこっとる。つまり、五世紀後半になっても、そんなつよい統一政権なってへんゆうことやな。で、その雄略天皇のとき、三輪山の神様はつかまえられてまう。切り株の、綺麗に切りそろえられたようなものがふえてきて、ふと青い巨岩があらわれ、ここは「中津磐座」と云い聖地です　許可無く注連縄より中に入らないで下さい　聖域を穢さないようご協力お願い致します　大神様はいつもご照覧になっておられます　大神神社社務所　という立札に流し目をくれ、そのまま視線をさまよわせて、来たみちをふりかえり、杉の木々の鬱蒼をややながめくらしている。あんな、いまは杉ばっかりでみえへんけど、江戸時代は三輪山には松がたくさんあって、秋になると松茸たくさんとれたんやって。まつたけー。ほいでな、しゃあないから鑑札だして三輪山にみんなで入って松茸とったらしい。とったんよ。大神神社の記録に残ってるもん。なあ、まつたけ、ええなあ。うちのご先祖さんもよばれたんやろなあ。今もはえてきいひんかな。いまはかぶとむしとかしかとれへん。え。子どものころ、とったよう。だって三輪山ってすきだらけやで。この参道だけちゃうよ。どこからでも登れんねんて。かぶとむし、今でもとっとるよ、このへんの子どもおは。うちめっちゃうまかってん。とるの。くわがたおんなやあゆわれててなあ。そういえば、立札にはむしはあかんって書いてへんかったなあ。えへへへ。と、何か巨《おお》きな、生きてはいるが死んだように動かない蟲のような姿があらわれ、それが土の塊から木が生えているようなオブジェのようなものに見えてきて、引きぬかれて倒された巨樹の切り株だと気づくには、後ろ側に回りこんでその切り口を目にしなくてはならなかった。と、あたりを見渡すと、くっきりとあざやかに、つい最近人の手によって切られたとしか思えない切り口が、しろいような円形のおもてを、いくつもいくつも見せている。と、唐茶いろの瞳の、ぬれぬれと慄えるののなかに一抹のさむさを刺す、あのつめたい銀のひかりがおおきくなる。ああ。伐《き》っとるやんか。ええ。これすっぱり伐っとるやんか。神籬《ひもろぎ》ちゃうんかい。なあにが千古斧やねん。松茸もくうとったくせに。にくいわあ。ちゃうねん。さっきみたやろ。神体山の砂あはいったお守り売っとんねん。ごていねいに公式サイトでせんでんもしとんねん。持ってったらあかんゆうて、なんやねんな。甲子園か。切られた切り株や、丸太の人工の直線、人工の平面が、ぶつりぶつりと見渡すかぎりちらばっている。古いのもある、が、鼻じらむほどにまあたらしい切り口も顔をみせている。この参道なんて、戦後できたもんなんやからな。なんでこんなにきれいに参道つくってん。そのために伐りまくってんねや。なんのためって、しらんわ。さんびゃくえん、ほしいんちゃう。はじめて、眉に、険をみせている。はじめてみる、彩の侮蔑の目だ。昇るごとに、その伐られた切り株や、輪切りにされた丸太の数が、ふえていく。ふるい、御山信仰、巨樹信仰、そして巫女の山ときいていた。水の山とも。えっ。おきなわ？　沖縄、なあ。うーん。神祭りはみんな女性がする、聖なる水に対する信仰がある、これ沖縄の祭祀とおんなじやな。でもなあ、沖縄には日本の古代から連綿とつづく信仰の原型がのこってるうゆうて、ほんまかいなあ。魂のふるさと沖縄久高島あとかようゆうやん。柳田さん折口さん伊波普猷さんから、ずっと言われてるけどなあ。たとえばな、沖縄の祭祀にはもともと、死と血を穢れとみなす習慣がないねん。えっ。ないよ。血もないねん。うそちゃうで、あたしの博論の副査してくれはるせんせの論文で知ったんやもん。沖縄うまれやで。せや、沖縄のひとは東はようけおがむけど、西は日本みたいにはありがたがらんな。沖縄の別世界は東にあんねん。そもそも、沖縄のひとは日本とちごて、お肉に対する禁忌がめっちゃすくないやんか。それ村のお祭りで神様になにをささげるかあゆうことに直結するから、一番重要やねんで。あと、沖縄には済州島とか半島からの祭祀の影響もつよい。ほんま似てる。中世に列島からつたわった神道の影響もつよい。熊野信仰らしいねんけど。もちろん大陸からの影響もあるけどな。というか、折口さん自身が南北朝時代にまけはった南朝の人らが沖縄に移住したあゆうてるやん。このくらいの時期やろなあ、半島と列島から沖縄へ南下した人らによって、御嶽信仰ってできてん。これ、珍説奇説のたぐいちゃうで。どっちかゆうたらメインストリームや。そんな沖縄の人たちの信仰に、南からやってきた太古の信仰のおー、なんや、僕らが失ってしまった起源んとかふるさとおを見い出すうーなんてのは、正直あんまりなことやとおもうよ。倒錯や。沖縄の固有のもんを、日本の固有のもんのうぬぼれ鏡にするために、でっちあげるのは、どうかなあ。しいたげてきたわけやから、魂の搾取やで、へたすると。あんなあ、八世紀、『記紀』が編纂されたやろ。天武天皇の命令で、神話の時代までさかのぼって史書がつくられたわけや。正史は『日本書紀』な。ふつう、中国の史書は神話は扱いません。別扱いします。なのに、記紀には神話まで書いてある。あのときにもう、神道はいわば「国家神道」になっとんねん。天皇さんの都合のいいように整理されて捏造されてるわけや。明治のときといっしょで、祭式とか社殿とか由緒とか、画一化されたんちゃう。それに応じひんかったら、消したればええねんからなあ。伝統ぉの創造ぉ、ちうやつやな。その時点からもう素朴なアニミズムとか自然崇拝ゆうたかて、なんのせつめいにもなってへんねん。素朴な実感とか生理くらい、信用できんもんは、ない。それが歴史のおしえや。もちろんな、その前にも神様はいて、信仰もあったとおもうよ。でもそれはわからん。どんなもんかはわからんねん。史料よう残ってへんからわかれへん。それと同じことが、十六世紀に沖縄でも起こったとおもう。尚真王さんが祭政一致をすすめて、神女組織を編成しはるん。聖地や巫女ぉの呼び方まで統一すんねんな。十七世紀にかけて『琉球神道記』『中山世鑑』も編纂される。ま、このあたりはさらったくらいであんま詳しくはないねんけど、ここで同じことが起こったんちゃうか。その前には、たぶん、さかのぼれへんよ。史料ないねんから、さかのぼったらあかんて。それはただの妄想なる。それか捏造なる。文書にのこてない習俗なんて、人がふえたりへったり、あつなったりさむなったり、生産の形態がちごたりするだけで、ころっと変わってしまうもんやで。で、にんげんはすぐ前どうしてたかわすれてまう。ほんでな、ちょうど十六世紀にポルトガルが東洋に進出してきて、明の朝貢貿易体制がゆらいで、琉球王国の、なんや隆盛に、かげがさしてくんねん。経済的にあんじょういかんようになると、かねもちとびんぼうにんわかれて、国のうちがわもごたごたなるわな。そうすると宗教的な統一っちゅう幻想にすがるゆうのは、古今東西ようあるこっちゃ。せやろ。天武さんもこわもてにみえて、天智さんのときに白村江で戦争まけて、対外的にはちいともうまいこといかん時代の天皇やからな。だからおおきみは神にしませばあ、かみにしませばあ、むっちゃいわせんねん。必死か。そこでざくざく都合のわるいもんは落とす。歴史から消す。おんなじやろ。十五世紀、琉球王国はあたらしい国としてできて、いろんなところからつごうしてきて、くみあわせて、あたらしいもんつくったやん。それでええやん。すばらしやん。なんで古代からの悠久のなんちゃらとか、いるのん。いらんやろ。それはヤマトとやってることとおなじになんねんで。なんや、なんや、大和国一宮大神神社の氏子が言うといやああな説得力あるはなしやな。いややわ。ほんま。

注連縄《しめなわ》をわたらせた巨石の、ひとつふたつを超えると、道がひらたくなり、切った丸太の、飛び石のように揃えた道になった。彩はさんさん、さんさん、大股で歩いていく。広場になり、社があらわれ、これ最後とちがうよ。もっと、あっちや。とその社をひだりに抜けていく。山頂だ。奥津磐座の石群が目の前にあらわれて、注連縄に似たロープと、工事現場でよくみるような、黄色と黒の縞のロープが張り巡らされて、鉄色のすすぼけたちいさな拝殿のミニチュアのようなもののなかに、ワンカップ大関の広口瓶がふたつ、おいてある。この道すがら、一本もみていない、榊《さかき》の木が岩の群れをつつむように生えている。植えてある。幹が細い。若木だ。と、白装束の黒髪の女が、赤土の泥でよごれるのもかまわず、その小さな拝殿の前で拝跪し、大声で、なにごとかを唱えている。住所と人名を、言っている。そんな祝詞、ないわ。とひきやかにのびる囁き声のほうをみると、彩が、おだやかな不賛成の目で、その女の横顔を見ていた。口もとだけの笑みが、うすい。ま、あいう人は、いくらでも来はるよ。あのとうきょうとー、めぐろくー、ゆうて、住所を言うちうのは、いつからはじまったんやろな。さすがにわからんわ。と、ここから立入禁止ですという、防水ラミネート加工をほどこした、おそらく神職手ずからプリントアウトしたものであろう掲示の前にくると、花笑みは枯れて、たちいりきんして。あんなあ、この向うには、なにもないねん。むこうにあるのは、なんだかしってる。くだんねん。もうひとつの街があんねん。それだけ。他には、なんも、ないねん。さ、することあれへんから、かえるで。朝ごはんくうてへん。おなかすいたあ。振り向くと、女はまだかすれ声で、何事かをとなえて、平伏していた。

くだり道、靈の一文字がほり込んである石を見つけたほかは、昇りと変わるところはない。ただ空がうすぐもりにくもりはじめ、あたりはいちめん、澄んだ錫いろにぼやけて、にぶくひかっている。こんちはあ、と、登ってくる登拝者たちと声を交わしながら、行く道は存外に急で、さらに足元に気をつけなくてはならなかった。

ちょっとおもしろいこと、しよか。と、いたずらな花笑みをふたたびふっくら咲《ひら》いて、小さな、板状の磁石を取り出す。中津磐座、山中の聖なる岩に、神なる岩に、おそれなくちかづいていって、ひたりとその磁石をつける。この石の、このへんやな。子どものときから、かわれへん。すっとこちらの手をとって、たぐって、磁石をもたせる。磁石をもつゆびさきに、かすかに、ごくかすかに、岩がこちらを吸い、よせる、ちからがつたわる。ほら、とふっとまた手をとり、その側にあった杉の木のはだに磁石をふれさせると、ありありといまのいままでさやかだった岩の磁力を、逆に、かんじとれた。こちらの右腕をもろとも、むなもとにかき寄せるようになっているのを、ぱっとはなして、えへへ、なんや、磐座信仰ゆうて、神の岩をあがめる信仰ゆうやろ。そんで、この周りの山はみんな花崗岩なのに三輪山だけ斑糲岩《はんれいがん》や、さすが神の山やあとか神社本庁のひとはゆうねん。けど、ちゃうねん。神の山だから斑糲岩ではない。逆やねん。鉄をむっちゃふくんどる斑糲岩だから神の山やねん。で、神武天皇さんがもろた嫁はんがここの出えでな、媛蹈鞴五十鈴媛命《ひめたたらいすずひめのみこと》ゆうねん。蹈鞴《たたら》あゆうたら製鉄やろ。びんごおー。な、たんに、鉄をおさえにかかったゆうことや。普通にかんがえたらそうなるやろ。だから磐座信仰やねん。あがめとんのは神の石やない、これは聖なる石ちゃう。あがめとんのは、鉄やねん。王権の基盤やなあ。鉄なしに文化も権力もないからなあ。まあ、でっかい製鉄遺跡がこのへんで見つかればもっとええねんけど、弥生時代の製鉄のあとなら近場の金屋ゆうとこで発掘されてるし、穴師という採掘するひとをあらわす地名もすぐちかくにある。ちいちゃいころな、その辺の川で砂鉄あつめて遊んだからなあ。ん。いこか。ずっとここにおったら、お腹すいてかなんわ。あんな、あんな、三輪山の山中のお祭りは、もちろん磐座でされてんねんけど、それいちばん古くて五世紀の中頃やねん。それ以前は、さがしても、みつかってへん。ずいぶんくだるやろ。ローマ帝国がもう滅亡するころやで。そんとき、たぶん三輪の鉄の生産が終わりますう。つまり、終わったあとの、「記念」がはじまるんやな。ま、他にいくらでも採れるところが見つかったから、三輪はほっぽかれることになったわけや。吉備も鉄が出る国やから、大物主を祀る三輪のながれの神社あるゆうて、『延喜式』にもばっちり載ってます。ちうわけで、石や岩の信仰は世界的にみられー、きょおつうのおー、古代人のむいしきの心性があー、人間のせえしんのー、げんけいがあー、ってなにをゆうてんねんということになるわ。な。

　あ、たたらのお姫さんはあれや。別伝があんねや。大国主の娘さんという記述と、大国主の息子さんの事代主《ことしろぬし》の娘さんという記述、日本書紀にどっちも書いてあります。しかもな、さっきゆうた大国主が大物主に出会う場面あるやん。海からくるとこな。そこで大物主が「吾は日本国《やまとのくに》の三諸山《みもろのやま》に住らむと欲ふ」というて、「此大三《これおほみ》輪《わ》の神なり」と書いてある。実はその直後に書いてあんねん。「此大三輪の神なり。此の神の子、即ち甘《か》茂君等《ものきみたち》・大三《おほみ》輪君等《わのきみたち》、又姫蹈鞴五十鈴姫命なり」て。古事記にもあるねんけど、要するに正直にそのまんま読んだら、三輪の神様、大物主の娘さん、が、鉄ひめさま。な。

　あと、さっきもゆうたけど大物主は龍蛇神やから、これ神道では水の神様ということになんねん。まあ、こういう象徴解釈は、あまりはまると変なことなるけどな。龍だから雷神ゆうて、そこから蛇は火の神いゆうのもなんしかあるから、結局は解釈するがわの、なんでもありやんか。でな、水の神様としては、まあ雨乞いをうけるん。で、お酒の神様でもあるから、まとめると農業神やんな。農業神でもあり軍神でもあるのは、ふしぎ、ゆうひとおるねんけど、それはふしぎちゃうやんなあ。鉄器はどっちにもつかうからな。神功皇后さんが半島に遠征するときに、兵隊があつまらんゆうことがあってん。『筑前風土記』逸文には大三輪の神の「祟り」やはっきり書いたある。しゃあないから筑紫に三輪の社んたてて刀《たち》と矛《ほこ》をたてまつったら兵隊あつまったあって、それは武器やろ。人がいても武器がなかったら兵隊にならへんしな。高句麗好太王碑って、がっこうでならったやん。倭国の軍隊が半島に押し寄せてきて、いまのソウルのあたりまで攻め込んできたけど、戦って追い払ったって。あれが三九一年。ちょうど四世紀いが終わるころや。四世紀半ばにはじまった三輪山の祭祀は、ここで本格化します。沖ノ島って玄界灘の島、つまり宗像大社でもおんなじことおこる。つまり、三輪山がほんまに神の山になるのんは、東アジアの国際関係のなかちうか、対外関係においてや、ゆうたら穏当すぎるなあ。ぶっちゃけいうと、戦勝祈願やねん。な、鉄やもん。自然やろ。はじめから国家的な祭祀やねん。三輪山にはもっとも原始的で素朴な信仰のかたちがのこってるうーゆうて、それはいくらなんでもおかしいんちゃうかなあ。

あとなあ、倭迹迹日百襲姫命《やまとととひももそびめのみこと》ゆうて崇神さんのおばはんおんねん。神懸かりになって大物主さんの言葉つたえる巫女はんなんやけど、そのあと大物主の奥さんなる。でも夜ばかりきて姿がみえへん。みせてくれゆうたらみせてやるけど驚くなあゆうてな、見るとへびやねん。でここがおかしいん。綺麗やなんちゃら書いてあるけど、まずすんごいちっちゃいねん、この白いへびへび大物主さん。「其の長さ太さ衣の紐の如し」、着物を結ぶ前のひもくらいやあ書いてあるからそうとうのミニサイズやろ。ほっそくてかわゆいねん。しかもみたなあ、恥かかせたなあとキレはって大物主さんは三輪山に逃げてしもて、お姫さまは恥かかしてしもたあゆうてショックで死んでしまいます。そのあと箸で女陰を突いて死んだあゆうのは箸墓古墳という名前のあとづけや、由来伝承だからあんま意味ない。問題は、八岐之大蛇《やまたのおろち》とかとちごてすんごい小さいへびで、じっさい大物主さんも恥や怒ってるゆうことや。崇神さんは大物主さんにしばかれます。ちゃんとお祭りします。でも、それと同時にちいさい存在にもなってる。近しい存在にもなってるということやね。つまり、とりこまれたゆうことや。神武さんとおんなじ。三輪とりこんだっちゅうこと。崇神さんと神武さんはどっちもハツクニシラススメラミコトおよばれる。漢字はちがうねんけどな。だから崇神さんを史実上の最初の天皇とする意見がある。ま、このふたり、同一ではないにせよ反復してるところあるわ。とにかく、三輪という製鉄の場所をなんとか取り込んだ、ゆうことちゃうん。あ、雄略さんのときはもっとわかりやすいわ。雄略さんな、小子部蜾蠃《ちいさこべのすがる》という子おにな、三輪あの大物主みたいからつかまえてこいゆうねん。で、へび、とっつかまえてくんねん。でも雄略さん身を清めないで見ようとしはったら、眼光するどくなんかへびさん光んねん。かみなりとどろかすん。天皇さんびっくらこいて逃げてん。日本書紀に載ってんねんけど、いくらびっくらこかしたったゆうても、神様あんたつかまえられとるやん。なあ。三輪は抵抗したけどけっきょくは服従したあ読むのが筋ちゃう。不意に喉の渇きをおぼえて、しかし彩は朝から一滴も、水ものんでいない。この足元もおぼつかない急坂を、迷いなく、一直線にくだっていく。な、先いって。といわれて、彩の声をうしろに背負うかたちになった。顔が、みえなくなる。

あ、さっきからゆうてるけど、三輪山《ここ》の大物主《かみ》さんいうたら、まず崇神天皇さんとのかかわりやなあ。崇神さんはおそらく実在する天皇、神話やなくて一番はじめの史実の天皇さんかその反映ちゃうかいう人やねん。でな、最初っからひどいめにあうねん。即位してから疫病で人口の半分がなくならはったとか、百姓がにげだしたとか、ろくなことない。ほいでな、しゃあないから天照大神さんと倭大国魂《やまとのおおくにたま》というふたはしらの神様を別々におまつりすんねん。でもうまくいかん。するとさっきゆうた倭迹迹日百襲姫命に大物主さんのりうつって、おれの息子つれてきてちゃんとわしのことおがまんかいゆうねん。つまり大物主さん、祟っとん。崇神さんしばかれとん。ほいで崇神さん、大物主さんと倭大国魂を別々に祀るわけや、ほんしたらうまいことゆくねん。おかしやろ。おかしいやろ。え。だからおかしいやん。崇神記の書き方やと、かみさまが三種類いはるゆうことになってしまうねん。日本書紀で倭国《やまと》と大倭国《やまと》という文字が使い分けられてるゆう説があります。でな、倭大国魂神は倭国の、つまり奈良盆地東部、つまりこのへんの神様とするやろ。なら、まあもっと大きな範囲の、だいたい畿内としよか、大倭国の神様、それが大物主だっていいはる学者さんがおんねん。でもそうかなあ。大倭国の主祭神なら天照大神とかになるんちゃうのん。やからそのとき三輪にこの三つの神様が同時にいたいうのは別にふしぎなことちゃうよ。みんな「やまと」の神さんなんやから。ほんだらな、じゃあなんで崇神さん怒られとん。ないがしろにしたからその神様に怒られとるんやろ。おこられて、倭大国魂神と大物主大神をべつべつに祀ったんやろ。日本書紀の崇神さんとこに「倭成す大物主」ゆうて書いてあんねん。倭つくったのは大物主、でもこの倭おってどこやねん。ヤマト王権のあれしとるとこぜえんぶか、奈良盆地らへんか、それとも三輪のここらあたりだけか。三輪のこのへんだけと取るのが穏当やけど、うーん。大物主さんを倭大国魂神とおんなじにな、土着の神様やゆうひともおる。けど、じゃあなんで別々にまつるん、じゃあなんでずっとむこうの出雲とからむん。倭大国魂神は土地のかみさま、天照大神さんは空からふってきたかみさま。じゃあ大物主はどこからきてん。どこの神様なん。

　さいしょや、さいしょ。大物主はどうやってきたん。古事記やと「是《こ》の時に海を光《てら》して依り来る神ありき」書いてあるやんか。どうしても倭の、三輪の土着の神様にしたいひと、おる。けど、これ、大物主は海の向うから来はった、考えたほうが正直ちゃうん。さっきゆうたように、古事記だと別の神様で、日本書紀だと同じ神様のべつの側面やねんけど、でも日本書紀にも「時に神《あや》しき光海に照《てら》して、忽然《たちまち》に浮かび来る者有り」ゆうて登場すんねんから、そこは同じやろ。「吾は日本国《やまとのくに》の三諸山《みもろのやま》に住らむと欲ふ」ってそのあとに言う。倭やなくて、日本て書いてある。日本書紀に。げんぶんに。ほんまにやで。日本という国号ができるのは七世紀後半、天武朝やねん。七世紀はじめに唐ができて、煬帝が失敗して、そのあと盛り返して高宗の時代に新羅と同盟すんねん。で、六六一年百済を滅ぼすやんか。こらあかんゆうて、倭国と百済の遺民の連合軍がでるんやけど、白村江の戦いでむっちゃ負けます。六六三年やな。ほいでや、新羅と唐の連合軍は六六八年に高句麗も滅ぼしてしまうねん。さいごに唐と新羅が戦争なって新羅が半島を統一する。それが、六七六年。で、ぴったりこのころに「日本」と「天皇」という呼び名ができんねんな。つまり、「日本」ゆうのは、こういう国際関係の緊迫のなかで、対外的につくられた国号なん。で、日本書紀が編纂されたのは、八世紀。ゆうことはや、「日本国」の「三諸山」つまり三輪山あゆうて来るういうのは、これは海外から「日本」を見るというまなざしがないとありえへん言葉やねん。や、古事記には「日本」という文字ではかいてへんで。でも海の向こうからきたあ書いてあるのは、いっしょ。だから大物主は外来神、なん、なんなん、なんなん、ようしゃべるけったいなおんなやなあって顔するのやめてや。やめろお。ふりむいていた。

不意に錫びかるくもりが割れ、ひとすじ陽の光が漏れおちてきて、木下闇のなかにいる彩の顔を黄金に、姿を真白に光らせる。ひかっている。金に白にひかって、くろめがない。ふうっとくちびるが左右にのびると、あかい、くちがあいて、にくいろの、闇がひらく。ころころ、ころころころと、渓流の清水の音だけ、鳴って。惜しげもなくその光芒から身をよけて、大きな笑顔で、どしたん、と言うと、はなしつづける。たのしそうでは、ある。が、それよりも、身の底からたちのぼってくる、熱がこちらを火照らせている。痺れ果てている。のどが、かわく。まるい、なつっこい目をくるくるさせながら、花笑む。うるさくない。かすか含羞《はにか》み、すこし朗として低い、ぬくい夜来の雨風のようにしっとりしめった声があまく、きびきびと闊達でするどいのに、平たい飴をくちにふくんで舌でかえして、おっとりと柔かいのろさをこもらせている。のに、その声が、つめたい。いたい。ときどき、飴が犬歯にあたって、かちっと、音をたてる。んで、大物主さん崇神さんしばくん。そんときにな、大田田根子《おおたたねこ》ゆう自分の子おが「茅渟県《ちぬのあがた》陶邑《すえのむら》」におるから三輪によんで自分を祭らせえ言いはるねん。陶邑ゆうのは、和泉国、いまの大阪の南、堺のあたりな。つまり大和川の上流が三輪、下流が陶邑になる。で、文字からしてわかるやろけど、ここ当時須恵器をめっちゃ生産してたところでな。須恵器ゆうのは土師器《はじき》とちごて、かたいから水とかお酒入れても滲み出さん。はいいろなん。で、ここで出土した須恵器とおんなしもんが三輪でも出土しとんねん。三輪ゆうたらお酒の起源やからな。ばっちりやろ。で、大田や。大田田根子をお祭りした神社がいまでも堺市にあります。陶荒田神社ゆう恵比寿《えべっ》さんあって、延喜式にのっとるから古い神社やねんけど、その摂社で、山田神社いいます。同じ敷地の摂社には大田田根子のおかんも祭られてて、そこは太田神社いいます。で、そこはむかし「東陶器村大字大田」という名前でした。んで、三輪のふもとの纒向遺跡ってむかしは大田遺跡いいました。大田という地名があそこにあって、四世紀まではたぶんさかのぼれます。で、『播磨国風土記』にでてくんねん。この大田の郷と呼ばれる場所は、中国の南らへん、呉おから韓国を経由して渡来してきた人らの土地やあ、ゆうて。はーっはっはっはー。びんごぉー。ま、ま、もともと須恵器つくるうゆうのは、半島から来た渡来の技術やから、あったりまえやねんけどなあ。雄略さんのときにも皇極さんのときにも、呉とか百済から来た衣つくる人とか蜜蜂を三輪山に奉ったり放したりしてたんねん。ん。日本書紀にちゃんと書いてあるよ。

じつはな、三輪山のすぐ南に出雲という土地があんねん。なんや、うけるやろ。ほんまにあんねんって。一緒にうちらのテーマパーク長谷寺いったやん。テーマパーク長谷寺ってなんやねん。ふふ。でな、長谷寺駅おりて北むかって右奥のほうに長谷寺あるやろ、左手えの手前に奈良県桜井市出雲ってある。だから出雲の国は実は奈良にあったあ、倭と出雲はおなじやあ、まで飛んでしまう人おるけども、それはいくらなんでもあれやんか。わからんで、いつからその名前になったかなんて。最近かもしれんし。えーとどうやったかなあ、興福寺の荘園で出雲荘というのがこの近くにあったいう文献読んだことあるけど、たぶんこの出雲とは別やったかな。でもまあ、どちらにせよこのへんには出雲という地名があったし、現にあるのは事実。古いとすると、まあ出雲から移り住んで来た人がおったからその名になった考えるのが妥当ちゃうか。まあ、もともと出雲のひとらはこのへんの出えで、なんやらトラブルがあって出雲に引っ越した言いはるむかしのせんせいもおってんねんけど、すこうし無理ちゃうかなあ。ほいでな、かなり日本書紀のなかでも印象深いはなしがあんねん。また祟神さんやねんけどな、「天より将来せる神宝」が出雲大社にあるうきいて、それ見たいゆうてみせてもらうねん。でもな、そのために出雲をおさめとる二人の兄弟が仲違いする。で、崇神さんの命令にそむいたほうが殺されてまうんよ。ほんだらな、出雲にすんどったある子どもが神懸かりいになって、とつぜんその宝を称える神託を言う。崇神さんびっくらこいて、出雲の神様をねんごろにお祭りしたあ書いてあんねん。天より将来する、ゆうのはおもろいやろ。天からくだってきた天津神に対して、土地におった国津神がおる。でもなあ、キングオブ国津神の大国主がおさめはってる出雲が、「天」とふかいつながりがあるゆうことになるやん。ゆうたら天津神と同じ由来があるってことやんか。それ、いろいろ言う人おるけど、単に列島の外から来たいうことちがうん。出雲が半島系ゆうのはほぼ定説やし。外からきたあゆう点では、出雲もヤマト王権もおんなじゆうことや。

ふしぎは、ないねん。地図みればわかんねん。出雲と韓国の釜山って、出雲と東京よりはるかにちかいんやで。直線距離にすると、ここから出雲と釜山から出雲って、だいたい同じくらいちゃうか。だから中国の南から半島、新羅やな、に来た集団が出雲に渡来して、そこからここに住み着いた、ときにもってきた神様が大物主やねん。ぜんぶ、つじつま、あうやろ。それでも大物主はここの土着の神様で、崇神さんがここに攻めてきて征服した王様で、土地の神様を蔑《ないがし》ろにした罰で祟神さんが祟りうけたあ、って話するひともおるよ。崇神天皇こそが外来の王様なりい、て。でも、それやと大物主が海わたって来た、和泉のおそらく渡来人の土地とのつながりがある、とかもろもろがぜえんぶ説明できひんようになるんや。

だってなあ、うち氏子やけど、渡来の家系や言い伝え、あるもん。なあ。で、それが倭《やまと》成《な》す、ねん。べつにおかしないやろが。天照大神より土着の大国主よりも土着の大物主、とか、よしときさ。あんな、天津神からしたら土着の神様のはずが、渡来してきたのはおかしい、って考えるから変になんねん。だってな、縄文人も「渡来」してきたんやで。人類学でゆうやんか。現生人類は二十万年前アフリカで生まれて世界に伝播したって。だから「原住民」「土着民」なんてアフリカにしかおれへんねん。外来ではないもんは、この列島には、ない。土着のものは、ないです。どっかからきてん。縄文人も、どっかからきてん。そうゆうてはる。で、後からきたひとに土着民ゆわれる。それだけのはなしや。やろ。大物主は「倭成す大物主」っていわれてます。だから渡来人の神様ではいけない、ゆうことは、ないやろが。そう、ゆうてはる。なにがおかしねん。倭はもともとそういう場所やったんや。みんな、どっかからきてん。みいんな。うつってきてん。にげてきてん。だから、この島にはな、だあれがおってもええねん。せやんか。

最後のくだり道、登拝口の注連柱が下にみえる。その向うが、まぶしい。木葉曇《このはぐもり》の、うすらな闇に慣らされている。つめたい大気の　蕪雑に伸び、撓《しな》い、下折れている枝々と常《とこ》葉《は》が、坂の傾斜《なぞへ》にのしかかって、ものうい翳の斥量でゆくてを昏くしている。鬱蒼としげるのにどこか蕭殺《しょうさつ》、つくられた杣道はうらぶれて、静もりだけが滾々と湧いている。ぴりぴりとした、刺すような青葉のにおいは秋の腐《くた》れにまぎれ、木下闇を割って朽葉を焚く陽の光芒が地におち、いちめんの眩いまだらをひからせている。うしろで立ち止まるけはいがする。ふりさくと、ひとすじの光芒のなかにすっくり立つ彩の横顔は、凝然と山頂のほうをみている。秋山の葉陰のほのぐらさ、その一枚のうすかわを突いて、やぶって、陽が強まる。太陽をうつして、その姿が燃え上がる。まばゆさと、金と、白と、そのあいだの無限の階調だけでできている。にわかな空気の希薄。どうして、まだ人の形をしている。ゆっくりとこちらをみると、くろめがない目があかくひかり、笑みが、そのひかる顔を、血のいろの熟れ爆ぜた柘榴のように割った。姿がひかる。目がひかる。歯がひかる。舌がひかる。どしたん。行くで。と、するっとこちらの脇をすりぬけて、参道の、ゆるいほのくらさのなかに入ると、ふりむいて、こちらを、みる。あの、微量の痛みもくるしさも感じさせない、一点のくもりなく澄んだ唐茶いろの真円の瞳がおもてを濡らし、ふるふる慄えて、こちらの視線を飲んで、のんで、みるみる漆黒の瞳孔がまるく膨らむ。惜しげもなくその瞳をまぶたで匿《しな》んで、大輪の花笑みを咲かせる。なんやどっかでぶつけた、あざできてもうた、と、甲にあかぐろいしるしがついた、その手を、のばしてくる。ほら、おてつないで、もう、出るで。なんや、ぽうっとしとんな。ほいだら、この襷、かえしてきてや。

細石《さざれ》のきしる音をたてて、きた道を逆にあるく。伏し目がちになって、睫毛のかげをおとして、身のなかで一粒ひとつぶ、念珠をたぐるような顔をしている。ひる前、参拝客のすがたがかなりみえてきて、なあ、ここの豪族って三輪さんゆうねんけど、その大三輪逆君《さかふのきみ》が物部守屋と中臣磐余《いわれ》と組んで廃仏運動やったっていうのがあんねん。これは敏達さんときやな。みっつ神祇関係の豪族やし。でもこれは例外やで。ゆうても三輪氏は遺新羅使も遣百済使にもなってるし、天武さんのときには三輪君難波麻呂は遣高麗大使になってるから、普通に交流あってん。まあ、そもそも神社ゆうもんが、仏教の寺院建築が入ってきて、それの逆を逆をついてつくられたものやから。あっちは瓦屋根やからこっちは茅葺きや、礎石おいてるからこっちは掘立柱や、ゆうて。仏教入ってきいひんかったら、神社はあの形にならへんかったで。もともと外から来た仏教の「リアクション」やねん。それに対抗するために、呑み込まれへんために繰り返し人工的に編成されたもんや、神道は。神道は、変わらない「天地悠久の大道」では、ありません。「古今を貫いて易《かわ》らざる万邦無比の国体」なんちうもんは、ありません。変わります。明治維新からもめっちゃ変わっとるやないか。なにを、ん。ん。何の話やったっけ。あ、あ、だから仏教なしには神道はないよ。たとえばな、ろくせいき。欽明敏達朝のときにここで三輪信仰が昂揚して、あたらしく春の大神祭というのをはじめんねんけど、それはたんに百済から仏教が公伝したからや。駅前に、どおんと書いてあったやろ。「仏教公伝の地」いゆうて。かんばん。まさに仏教って、ここに来るんやで。こんなのんびりした山奥の田舎に。うけるやろ。たとえばな、返遣隋使の裴世清ってそこ、うちのすぐそこ、桜井駅からうちくるまでにわたったやんか、あの大和川のあそこに上陸したんやで。よいしょこらゆうて。おもろい。で、「公伝」やからな。「公伝」できるゆうことは民間ではもう伝来しとったあゆうことで、つまり仏教わかる仏典がよめるひとらがすでにそうとうここにおったゆうことやからな。なに人《じん》やろな。その「伝来」の「リアクション」として三輪山おがむねん。おんなしやろ。大陸でも半島でも仏教は外から「伝来」したもんやねんから。うんとな、京都なんて、すごいよお。八坂神社、松尾大社、賀茂神社、平野神社、みぃんな創建に渡来人がかかわってんねんもん。おいなりさんの本社の伏見稲荷さんあるやろ、だあーって鳥居がまっかっかあ、なやつ。あれも秦氏や。『山城国風土記』のお、うん、逸文やったかなあ、に書いてあるん。なあ、神道いうのは「普遍宗教である仏教に対するリアクション一般」のことやで。祖霊信仰でもなんでもええけども、「古代から連綿とつづく日本固有の民俗信仰」では、ありません。そんなもんは、ない。この言葉、ほんまは大陸にも半島にもあんねんもん。担い手が何じんでもかまえへんねん。実際、現実の神道はそうなんやから。だってなあ、伊勢神宮の神事ってちぃとも古来からの連綿たるなんちゃらやなくて、唐の儀式の引き写しって研究もあんねんで。はっきり中国の陰陽道とか道教から影響うけているという指摘もある。あ、さっきゆうたん鶏のいけにえって、これな。

まあ、なあ。神道は本来は国境をこえて、ゆうても意味はないねん。そのことじたいには。現実に、国家神道は国境をこえていったんやから、な。併合して占領した土地に神社たてて。民俗学や新国学つくったひとらも、つきつめると国家神道に、……「国境を超えていった国家神道」にとってうれしいことしか、ゆってへん。古代からつづく日本固有の民俗信仰ちうもんがそんざいするうゆうのと、それが外からの影響もうけてるっていうことを、なんしか両立させてるんやから。こっすいわ。くることをこばまんようで、実はでていくことだけよしとすることになってしもてる。そんなんは、ひらかれてることに、なってへんよ。むなしいなあ。戦争いけ無理じいしたおえらいかねもちさんも、無理くり連れて来られて出ていかされて南の島で友達とともぐいして飢え死にしたへいたいさんも、みぃんなおんなじおんなじに神様やあっちゅうお社もまだあるらしいからな。めでたいわ。おめでたいわあ。神風にのって原爆までおとされてな。えらいこっちゃ。

えらいことやで。ほんま。

十日ばかり連絡が疎らになって、不意に、抱かれてるところがもう想像できひん、という一言で、縁が切れた。多忙にまぎれて、そのままになった。どうなったか、知らない。人びとの騒《ぞめ》きと時の潮《うしほ》のなかで、ふと手をはなせば、もう生き死にすら、知るすべはない。

＊

大夜すがらに。いさとほし、ゆきのよろしも。於保与須我良爾《おほよすがらに》。夜裂けて、大夜の小夜の、よるさけて。夏の百夜《ももよ》は長《とこし》なへ、日月《にちがつ》明滅のせわしさが、このふたつ身をきりなく痩《やさ》かむ。膨大な時の重なりの、うちひろがる壮麗な翳が、酒甕の底にする。夜を。そこで大地が発酵する。あわだち、においたてる噫《おくび》のなかから、うらうら湧いてくる。甲売《キチン》質と蛋白質と繊維質と石灰質でぎつしり編まれ、精密に組まれ、いずれうごめくからだたちが。それは瑪瑙の葉になり、琥珀の胴になり、水晶の翅になり、珊瑚の花になって、あまりは骨と肉になる。骨はあかちゃけて朽ち、肉はあおざめて腐れ、あとは咲殻空殻《さきがらあきがら》となって風にしだかれて飛ぶ。荒《すさ》ぶ。それまでは喰う。それまでに喰われる。殺すか殺されるかだ、とやにっこい割れ声でおめく男《おのこ》らも、ゆくはては屍、野ざらしのさだめを畏れるがゆえ。あれ人くさや、ひと臭《くさ》やな。編まれ組まれてやがて喰われ朽ちる、ころがりこんできたその身ひとつのみかけがえなく思いなす、しかなくて、仕方なくて、憑かれて、疲れて、おめきあい、痴《おこ》めきあい、戯《たわ》りあい、まじわりあい、どこまでももつれ合っていくその流れながれるさなかに、このふたつ身もいるのだった。夕月日《ゆふづくよ》並びの岡でみかわした二人、まなくときなく呼合《よば》い、さ婚《よば》い、孤悲《こひ》安麻里《あまり》、ひと目にふれて、ひと言《ごと》をしげみ言痛《こちた》み、うわさに追い詰められるようになった。そしてここに、こうしている。人くさや、ひとくさやな。

東《ひみかし》の山際《やまぎは》はあさ焼けて、つつじいろ、青みざす雲かげを灼くもつかのま、一条、二条、金の光が天頂を刺し、そらを割ると、ゆっくりと一つだけ瞬くあいだ、ひかり洽《あまね》く、高深《たかみ》空《そら》まであおくして、もう、真夏が燃えている。このひと日、ひかりは酸、ふれれば濯われ、傷み、じきに黒づく。光はむしばむ、宵のくちから万里たなびいていた雲かげがきれ、朝《あさ》上《あがり》、みずのにおいたてる、いそのかみふる夜来の雨でずくずくなった地湿《ぢしめ》りを吸い、すい、吸いきって、大気の巨大にまるい透明さのなかに満ちて、充ちて、何もかもを焚《や》き、万物はひあがり、ぷしぷしこげ縮み、きゅうきゅう乾反《ひぞ》って、ひりひり慄えた。夏はむごく、仮借なく、いみじうはやうふくらみ、ひさかたの空はかぐろく青む。いきおひゆたかなれば、かげ冴えてはてなく、よろず眩《まばゆ》く、すべて昏くなる。けだるさ、ものうさ、のろさ、みな地になだれきて、不意にものが腐る。をかしき事に興じうちさわぐ燥《はしや》ぎが、あえなく萎える。夏当《なつあたり》も、夏の戯《あざ》りも、陽《うほ》い狂《くる》ひも、やまひなりければ。山かげ、木々の葉いちまいずつ、もゆらの玉のようにひかりの粒がこぼされ、頓《とみ》の微風にふきしだかれて、なすすべなく、きららきらしく、波うつ。夏の光は刹那ごと永劫を、はてない苛みと歓びを孕んで、四方ゆく末を塞ぐ。ゆくはてさらにかひなく、この身の肉と汗とを苦しむ。うす皮一枚した、うっとり煮つめられた大量の血の温み重みを。ひとつ身のなかの石を土を草を。そのうごめきを、軋みを。

　さしくるひかげあやにくに、巨大な気圏をまばゆくし、地も海も熱で躙《にじ》った、その光がふと焚尽《たきすが》かれる、そのすみやかさにうちおどろかれ、吸うにも吐くにも息づまる、風もわたらせぬ、ねばり、ぶあつい空気がうすめられて、煙いような澱みにほどけていく、さなか、日向くさいような、夏のくれかたの風が立ち、かへすがへすたきしめ居給へる、いとあまえたるたきものの、匂《にほへ》る余香のようになる。なのに陽は弱る。かなかな、かなかな、夕さればひぐらし鳴き、うすらな闇はすこしずつ、麻酔のように効いてくる。痺れて。この身が竹切《たけきれ》の虚《うろ》になり、ひょうひょう、鳴りとよもす。蟬すだく音《ね》が辷り入ってぎょんぎょん響く。ひとかげたえ、人里の音さえてうらさびしき外れ、ぬるい熱がいとわしげにゆらゆらみじろぐ、西空が夕焼けてあまたのものの翳をうすくのばし、暮れ果てぬ空がひくく、うす闇に映えて重い夏木立の茂りがほのか熱《いき》れるなか、吾が愛《は》し妻にい及《し》き阿波《あは》むかも、慕わしい、あの女の、露でしなつた花束のようなゆかしいすがたも、翳って。

大夜すがらに、いさとほし、ゆきのよろしも。いにしへに妹《いも》と吾《あ》が見し射干玉《ぬばたま》の、夜半《やわ》の夏、月びかる下、うす翳がうす翳にかさなり、かぐろさにかぐろさを重ねて、そのつかのま、静《しず》もる安楽《やすらひ》のなかで、いのちがあるものも、いのちのないものも、ひとのこころがあるものもないものも、うつくしく放心している。けざやかに喪神している。このひとつ身の慕いも、こがれも、その成る果てか。しじま、よるよりもくらい、漆黒のひとがたになり果《おほ》せて、目も耳も、なにもかもを澄ましきって、女の言うことには、この闇を透かして、こころない、ひとごころない、まだ地を這うものどもの、もつれあう音はひびいている。どよもしている。きりきり、きりきり、金気の音をきしらせる地虫どものみならず、夜は、轟《とど》めいている。この夜は。押し殺して、なお。しいんとだけ、しいんとだけ、鳴る、ような静もりのむこうから、数しれぬものの息と軋みと垂《しづ》りと哭《おら》びと蠢《むく》めき、ひしひし、この肌《しし》えに、肉叢《ししむら》に、痩骨《そうこつ》に、一刺しの寒慄となってふれてくる。御山に昇ると言う。大《おほ》神酒《みき》わかす眉刀自女《まゆとじめ》は、千年千歳《ちとせせんざい》の禁事《さたごと》といひ、言問《こととひ》すれど訳を言わぬ。ただ眉刀自女、ひとは知らねど牟可之《むかし》よりいひけることの海神《わたつみ》の、倭《やまと》の海神の。要領を得ぬ。何が坐《いま》すか、たしかめたい。おそれを、しらぬのではない。ただ、歳は十九、訳知りするほど老いていない。花やかな手弱女《たおやめ》ぶりは俏《やつ》し、しれず、世人を寄せぬ孤介をもっていた。灯火をかざして、道なき道を、沢にそうて昇りゆく。ぬばたま。黒い、昏い、墨のみずうみの底を歩みゆくような夜、ふたつ身ともに、息をしていない。手に持つひかりが、あえかに切り取る赤銅の球のなかだけで、病みびとのように、ひゅうひゅう喘鳴《ぜんめい》している。虫にくわれ、汗じめり、草葉の槍が刺すこそばゆさが、いつしかいたみとなり、身の内まで沁みてくる。くらやみのなかはまたくらやみ、そのくろぐろの地のいろが幽《かす》かみどりとわかる。育《おが》り果ててうつうつとした夏の緑蔭が、翳にかげを重ねて、ぞろり内臓のおく深くまでをのぞかせている。ぬらめき、したたり、さゆらぎ、さんざめく、さかんな杜《もり》の生理よ。撓《しな》い、さし交わす枝木の影で、ひさかたの天《あま》の河瀬を、南の果てから北の果てまでひとすじ、そらわたる白銀を、隠さふべしや。天の河と交差してほそい瀬筋を掬い、ふたりのどをならして飲む。大きな樹影にくろ髪をとかして、この山の昏みもろともにおのれの御髪《みぐし》にし、月かげをうけてあかるむ白おもて、わずかな笑み声で、女は言う。何かをもとめて礼拝《おろが》むべきか。何かを欲して。それは神に賄賂《まひな》うことではないか。まあもともとまひなひって神様になんか頼む意味やねんけど、大きみは、豊作を祈る供物のため秋地子《あきぢし》にとりたてる。豊作ならまた。凶作なら、さらに。どうしても、人びとは、餓えるしかない。身過ぎ世過ぎにせめられて、みずからをいつはる空笑ひし、身をうり、たましひをうり、もううるものが無くなるころには、刃向かうちからも、もうないのだ。逆《さか》しき山を攀じ登る、背のみ見せて言へらく、身さいわひあらば、神まつるはよし。この身ひとつの力ではなすこと叶わぬ筈のことが、不意にできてしまえば、有り難しとて、拝むはよし。力なくて、理もつめず、何もなさざるに、ただ拝むは、なんや、こっすいねん。小忙《こぜわ》しい今日はこころ苦しう、いぶせくて、いとわしい、悪しきひとのたくらみにおぼれるはおろかなりと、あざけりは饒舌、おのれだけはのがれていると信じたくて、そのじつ、ご覧のとおりで、ふるいおきてに楯突けば謀反人だ、国売るものぐるひだとののしり、ただただ喰う算段、ぜにの工面のためなら、みごろしにしてもいきるほかなくて、征伐ずきで、みだらごとが救い、ころしあいが証し。あとはきょとついて、おさなごのように、褒められることだけが頼りなのだった。そのおめきあいに声そろえ、そのいきぐされのなかにいる、それだけは勘弁と思うばかりに、古《いにしへ》は別、われのみ古をしるとそっくりかえるか、今日《けふ》こそ別、われのみ新しき日々をしるとうそぶくしかないのだった。あしたのことは、わからないのだから。今日もこうなら、古もこうだとだけは、かんがえない。今日ごまかしがあるぶんだけ、古にもあり、今日しんじつがあるぶんだけ、古にもあるはずや、せやんか。

頂《いただき》、磐座のかげに迷わず寄る。そのままに攀じる。なにかあるなら、あることを神々《かうがう》しと、なにもないなら、ないことを神々しとする。ここは、なにかあるのでもない、なにもないのでもないよ。このふたつ身が、三輪山に登った、最初の人間なのだった。と思うか。けど、そんなんどうでもええやん。岩上に居座ると、春疾風《はるはやて》があらし、木々を薙いだか、美和は見渡す限り闊《ひら》けている。天の原ふりさけみれば、まなざしは、ゆくてに吸われて、すわれて、行き着くところがない。みるはて、落ちて、おちて、くるり空が海になり、球をつくった。巨海《こかい》の寂《しづ》かな水面《みなも》は玲瓏、なだらにたいらかで、いぶかしいくらいにそのまま映す。日輪も月輪《がちりん》も、ふたつともにしたたらす、ゆすれゆすれる光の粒も、あおい大天球の壮麗なまばゆさのなかを、ちぎれ、もまれて、素晴らしくかけてゆく白雲のすがたも、月かげにてらされて薄明穹の銀を辷る青灰、雲ぐもの片かげも、そのまま。かがやくままま。

みがかれ切った玻璃となって、天の瑠璃の鏡となって。日神月神映す倭海《やまとのうみ》は、はるか押し照る難波海《なにはのうみ》にまで、その向うの瀬戸をこえて、あまたの族《うから》の崇《あがま》へる、ひろい海神《わたつみ》の坐《いま》す彼方まで、はてなくひかっているのだった。朝潮の、夜潮《よじほ》のさざめく、波のこげるにほひ。そしてまた朝まだき、くはや　ここなりや　明星は　あかぼしは　ここなりや。手をのばせばふれうるほど、目の前にあるかのように、鳥の子いろにひとすじ、紅緋をあしらって、桜井線の始発がきらきら、きらきら、走ってくる。ありしひの、汀《みぎは》にそふように、わた雲とぶはてを、ながめくらして、女は、ゆっくり、ゆっくりと、となえる。あな尊、あなたふと、

あな尊《たふと》　今日《けふ》の尊さや　古《いにしへ》も　はれ　古も　かくやありけむや　今日の尊さ　あはれ
そこよしや　今日の尊さ

九夏後夜

くらやみ、ひしひしと散り、落ち、降り、敷いていく、桜花のひとひらずつ、そのけはいだけを、果てしなく聴いている。おやみない落花の姿はさやかならず、ただひたすらにかぐろく、いたく、沁みてくる澄んだ夜のはるかなぶ厚さを、茫とかすかにあかるませている。いみじい。懐紙よりうす手の、ゆび先にとればまだ生きているかのように肌仄《ほの》しめる、葩《はなびら》の、数多つちのおもてに降りる音、ややもするとみしみしときしきしとその音が聞こえてしまいかねない、おのれを、あやしむ。何を怪しむ。この散り敷きの、音にむすぼれぬままひろがるけはいのむこうに、ほんものの黙しが、まじりけのないこころ鎮む静けさが、あるとでも。吸い、吐き、呑み、喰い、交わる、一刻とまたず汚濁をにじませ、たれながし、洗っても拭き取ってもとれぬ茶渋がつく白磁のように緩慢にうすよごれていく、くさって、ゆるみ、すさんで、はかなくなる、この乱《ろう》がわしいひとつ身が、鳴りとよめいていない時があるか。この耳朶ひとつすら、その腐れくされゆく身にはえた欠片《かけら》だ、くたれていくものだ、少しでも音をたてていない訳は、ない。はからって、知らずおのれを謀《たばか》って、つくりだした、拵えものの沈黙にこがれて。何かが鳴る、何かは鳴る。のに、あんまり静かで。他の身なら、この身ならぬものなら、この軋る静もりとは別の何かが、聞こえるのか。ゆかしいあの身なら。懐かしいあの身なら。これではない、彼女になら彼になら、きこえるものがあるか。万象は、この身を通じてのみ与えられている。他はゆるされず。その自明が、ふと憎くなる。にくしみはあかく、烈しくて、いずこへともしれぬ忿怒の打擲《ちょうちゃく》の、ひとつきりの痙攣になりかかる前に、燃え、尽きて、灰ものこらない。ただ頓《とみ》に貫通していった嚇怒《かくど》が、ふしぶしの痼りとなって、不意にあざけりの貌《かお》を剝く。あなたには見えないものがみえる。俺には聞こえないものがきこえる。この身には。見えて、きこえて、かんじとれて了うものの、倨傲《きょごう》そして苦難がある。いたたまれない虚言、が、ゆるやかに貯まる清水にながした一すじの墨が、するすると真円をえがいて、その透く水のみじろぐ円環をさとらせる、ように、ことばのなかにまじる。嘘が、そのくちにする真実らしいことばの膨大なうねりを、あくことを知らぬ抜きがたい習い性を、ほね身にしみた性を、あらわにする。そのほうが、みだらで。

この、ともし火がよくない。このご時世らしからぬ。ゆらめき爆《は》ぜては壁のおもてに、幾重にも重なっては又はなれてあわくなる影の姿をゆつらせる、ふれれば熱い生の火の、不意にぬるりと伸びくねって女の細い中指くらいの丈になり、こまかに顫《ふる》え時に舞いのようにひらめくするどい尖りから黒い煤《すす》をはく、みずからの火照りでとかした蠟を刻々呑んでゆく姿が、このひとつ身の底の底にしずんでいる、死んだ、死んだ筈の、生じめりの何かを、じくじくとふすぼらせる。よく、ない。念入りに、むごく水をさして、消した筈なのだ。ころしたはず。伸びまたちぢむ。舞いまた踊る。火がみつめている。うすい桔梗いろから朱になって燃え盛る、その光を吸い、すい、眼窩のなかの硝子体の奥底までが照り返しあい、おなじ色になりおなじ熱を持ちおなじゆらめきを、ゆらめきかかる。焦がす、焦がされる。やがて白びかる。

瞬間の痴失から醒めると、かたく目をとじていた。よわ火で焚《や》かれたような、頭蓋の内壁をつたう鈍い渇きも、しびれも、思辨のわくら葉を絶えさせるには足りない。絶えさせてよいものかどうかすら、もはや、知れなくなっている。いまは春の筈だ。春の最中の夜の。動《やや》もすれば耳に頰に、肘に膝に、沁みてきていい冷えが、身から遠い。伝わって来ない。かすかな焦げのにおいが満ちていた。

何かを待っていたのだろうか。誰かを。ひとひらずつ、ひとひらずつ、ひそひそと落ちてまろぶ気配が、数知れぬその膨大なかそけさが、薄いぞよめきとなって闇をわたり、わずかにこの身を圧《お》す。細らせる。日のあるあいだ、さかんに春の生しいにおいを吐いていた筈の黒つちは冷えて、ひえて、しかしその冷えた香がひたひたと舌をぬらす。喉をぬらす胸をぬらす。身の内のつちくれを呼びさます。やがて呼び交わす。たけだけしい、つらいくらいに蠢く再生のにおい、だがその旺盛の底には、ぬれぬれとした懶《ものう》さがある。けうとい。仮死の微睡《まどろ》みのなかにいたものたちは、また生きなくてはならぬ。幾度もいくども繰り返されてきた、どちらにせよ経巡ってきては同じあの退屈な死と再生に落着することは知れているのに、またこの身を起こし、芽吹かせ、のろのろと地上に這い昇っていかなくてはならない。死ぬために、さらにまた死ぬために、そのためだけに。その先もその後も見えているのに。

それでも待っていたと。何を。誰を。それは、生きているか。死んでいないか。死のうと生きようと、同じか。それとも、生きていない丈《だけ》か、死んでいない丈か。問いごと、また春つちのふと濃いにおいと、そのあいだを細く縫ってくる花の香の、かそけさがぬらす。くされ、みだれていくものが匂いたてている。その芯にある、あま水に濡れた砂利を噛んだあの味が、いたい。その痛みに、耐えたままでいたい、いよう、いなければ、さもなければ。何も伝わって来ない、何も感じない、不意にのろく、おろかしく、絶縁体めいて素気ない、ままでいなければならない。何も無かったことにしなくてはならない。どうしても、そうでいなければならない。このまま夏が来なくても、あるいは夏が去らぬままに、永遠の夏の灼熱の無機のなかに閉じ込められたとしても、頑として、断々乎として、目癈《めし》い耳癈《みみし》いたままでいろ。鼻を削げ。舌を抜け。膚《はだえ》を剝げ。身ぐるみ、はいで、取って、了って、ただ一盛りの肉塊になって、骨になって転がっていろ。すがたかたちも輪郭も失って、まみれてしまえばいい。そうやって、死なないまま、そうだ死ねすらしないままに、しゅうしゅうとくさい噯《おくび》を吐いていればいい。それとも、この光と闇の充溢の一切をそのままに感じとって、引き受けたままで、その古くさい、出来合いの小芝居に縋るのか。因業な。許されるか。その身ひとつに、できるとでも。
待てなかったってことに、なるんじゃないの。それって。そうかな。すくなくとも、自己破壊衝動みたいに聞こえる。葩《はなびら》の一枚だけ、いちまいだけが、くらぐらとした降りしだきのなかから、座敷にむかって、空を泳いでくる。ひらひら、ひらひら、情も理も意も、欲も、命もないものがもつあの尊さ、あでやかさで、むごく無慈悲に、鋭角と曲線がちぎれみだれ、まじる、見えない線を描いて、二人のあいだをわたっていくのだった。線は、もう超えがたかった。

——何だか、今までにはなかった、怒りみたいなものを感じるよ。
——怒り？
——うーん、それとも、恨み？
——誰に？
——自分にも、他人にも。変わらないでしょ。どっちにしろ、らしくはない。
——そうかな。

――怒りはあったのかもしれない。今までもね。それは、ずっと。ただ、こういう憎しみは、みたことがない。

――憎しみというのは、こういう知覚を……。

――与えられているということに対して、でしょう。

――まあ。

――でも、それも、らしくない。

――らしくない？

――この知覚を否定しないと、次に出て行けないというのは、わかるよ。でも、そのために、この知覚を破壊していいということには、ならない。

――そうかな。

――そうよ。

――……。

――死ねないって、書いてるね。

――書いてる。

——でも、これは、死にたいようにみえる。

——そう見えても、仕方ないだろうな。

——その身がそうつくられていることから、抜け出るため？　いくらなんでも、ありふれてるよ。

——きついな。

——きついのは、こっちだよ。すくなくとも、

——すくなくとも？

——待てているようには、見えない。

——いつも待っているのがいいとは、かぎらないよ。

——うーん。何か、あった？

——何も。

——そう？

——そんなに、……。

——うん。そう見える。性急さが、かえって足をとめている。

——性急さ。

——出て行けない？　ここから。

——ここ？

——そう、ここ。あの夏は過ぎ去って、そして今は春だよ。また夏がくる。それを超えて、抜けていくんじゃなかったの。そう言ってたじゃない。

ふと、まなざしをほどく。と、煙いような、つらいような、なつかしい、昔のままのあの姿を、目の前にありありと見ている、もの思えない貌をつくってみせる。なつかしい、昔のままのあの姿で。ざっかけないワンピース姿に手を引かれて、風呂上りに芯まで冷える水をあびて洗いたての白いシャツの釦《ボタン》をとめ屈託もなく漫《すず》ろに海辺をあるく、すばらしい、木芙蓉《ハイビスカス》の深緋《こきひ》にあかい一列を鬱蒼とした緑もろとも巨細《こさい》あまさず夏の陽がうらうらと焚いて、その焼灼は微塵もその瑞々しい赤をすがれさせなかったのは、いつか。口もとだけ笑って視線はひたりと据えて、かるく右ななめ上に首を傾けて瞳の中の透明に過ぎて薄墨いろが白んだ灰青にきらきらしくなるゆらめきが液体のようにたぷんと動く、あとからおもむろに下瞼をひきあげるようにして花やかな破顔にかたむく、あのいつもの阿諛《あゆ》も諂いもかけらもない、がゆえにかすかにこころすずしく身仕舞いのいい屈託の翳が、つややかな蜜柑の袋のような唇の丸みに頓にさすあの笑顔を、ずっと視ていたかったのは。その夏の潮騒がどこか荒寥として、その佳い立ち姿の向うでさらめいていたのは、いつだったか。それとも。街路樹はふさやかにくろくさびた銀箔の葉むら、垂らした直下にすら片影もなく、梢を白銀に炙る炎天の責めさいなみが、いたく、くるしく、跳ね返りが乱れてさらにはねかえりを呼び、茫と視界を目潰す光暈がまた目瘢いるひかりを飲んで、彼女のおもてをしらしらひからせていたのは、あれは。はてしない夏の空の深みを、すすぼけたような民家の庇《ひさし》のつらなりと、腹ぶとい羽虫が剽悍にとぶ軌跡のようにまがり撓む、電線のくろいかげが斬り、とり、狭めて、ほそい路地の形をつくり、くゆらせる白檀のにおいが辻を折れればくすぶりきえかかる伽羅のかおりになり、身の、汗にほのじめるおもてから、他人のうす甘い残り香と、ぬらつく体液のしょっぱさが、不意に立っていたのは。と、歩き始めた途端に、こらえ性なく、錫箔の空が引き割れて、西ぞらで次々、下る光芒の槍につきさされ、くだかれて雲が溶け、あかるんでいくと、ふとあたり一面、鴨川を縫うように、光芒が次々ふりかかり、地にささり、油照りとくすんだ曇らわしさをひとぬぐいで拭き取って、ふくらみ、ひかり、万象を灼いて、みるみるうちに翳を濃くちぢまらせていた、あの夏の巨《おお》きさは、いつのことだったのか。もう、二度とは来ない夏のことなのか。二度と。

姉ということばが頭蓋のなかで瞬き、誰の姉か判らなくなり、そしてかるがるとうつくしい、涼しげな、死の一文字がすっくりと立った。誰の死か。風がどよめいた。一面の梢がいっせいに身をくねらし、そらの深さのなかにめじろおししている、何かを覆った。徒労は甘く、にくしみはなお甘く。目の奥は山中のかぐろい木下闇、滴るひかりが、黒つちのおもてを目映い黄水晶《シトリン》の斑《まだら》にした。

生きてはいない丈のものではない、あの声がする。

――夏を消したいのね。あの夏か、この夏か、わからないけれど。一度は、夏が来ない世界のなかにいた、あなたなのに。来ない夏のなかにいて、さらに消したい夏が出来てしまった。ついに、何にも出会うことなく終わって消えていったあの男のように、夏のなかに、永久に取り残されていることもできないでいる。

待っている。それでも待っている。ここにこうして、ずっと。こがれて、こがれて、こがれ果てて、炭化された両手、燃やす身ひとつすでに無くても。果てない岸辺に吹き寄せる潮が、大海が、味方になる日まで、耐えて。あの不敵が、あの不抜が、あの不屈が、生き返るその日まで。待っている。夏を、あの夏を、喪くして了った夏を。

ここにいる。ここにずっとこうしている。

［初出］

神奈備　「文藝」二〇一四年冬季号（二〇一四年一〇月七日）

九夏後夜　「三田文學」二〇一四年冬季号（二〇一四年一月一〇日）

## 佐々木中

SASAKI ATARU

★

一九七三年青森県生。作家、哲学者。東京大学文学部思想文化学科卒業、東京大学大学院人文社会研究系基礎文化研究専攻宗教学宗教史学専門分野博士課程修了。博士（文学）。専攻は現代思想、理論宗教学。著書に『夜戦と永遠―フーコー・ラカン・ルジャンドル』（以文社・二〇〇八年／『定本　夜戦と永遠―フーコー・ラカン・ルジャンドル』上下・河出文庫・二〇一一年）、『切りとれ、あの祈る手を―〈本〉と〈革命〉をめぐる五つの夜話』（河出書房新社・二〇一〇年）、『九夏前夜』、『足ふみ留めて―アナレクタ1』、『この日々を歌い交わす―アナレクタ2』、『砕かれた大地に、ひとつの場処を―アナレクタ3』、『しあわせだったころしたように』（以上、河出書房新社・二〇一一年）、『Back 2 Back』（いとうせいこう氏との共著・河出書房新社・二〇一二年）、『晰子の君の諸問題』、『この熾烈なる無力を―アナレクタ4』（以上、河出書房新社・二〇一二年）、『夜を吸って夜より昏い』、『踊れわれわれの夜を、そして世界に朝を迎えよ』、『らんる曳く』（以上、河出書房新社・二〇一三年）、『短夜明かし』（河出書房新社・二〇一四年）、『仝 selected lectures 2009–2014』（河出文庫・二〇一五年）がある。

# 神奈備《かんなび》

★

二〇一五年二月一八日　初版印刷
二〇一五年二月二八日　初版発行

著者★佐々木中

カバーデザイン★佐々木暁

発行者★小野寺優

発行所★株式会社河出書房新社
東京都渋谷区千駄ヶ谷二-三二-二
電話★〇三-三四〇四-一二〇一［営業］〇三-三四〇四-八六一一［編集］
http://www.kawade.co.jp/

組版★株式会社創都

印刷★モリモト印刷株式会社

製本★小泉製本株式会社

Printed in Japan



ISBN978-4-309-02364-9

九夏
前夜
佐々木中

# 河出書房新社佐々木中の本

SASAKI ATARU

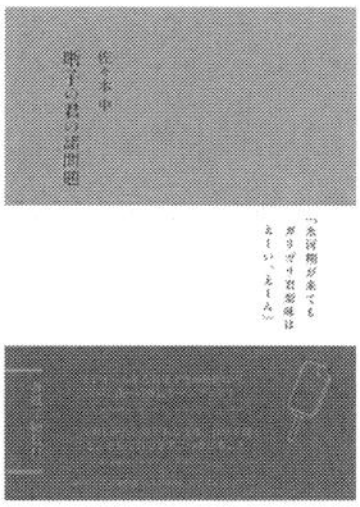

## 晰子の君の諸問題

届かないかもしれない、君への手紙が、君を傷つけるとしたら——。緻密な哲学的思索と果てしない詩情を両立させる、著者初の恋愛小説。

## 夜を吸って夜より昏い

うねる文体、はじける口語が、衝撃の結末になだれこむ。多くの読者を読者を戦慄させた、小説の「次（ネクスト）」を告げる、新鋭の最新刊。